HAYMON taschenbuch 141

Gefördert von tirol Unser Land

Gedruckt mit freundlicher Unterstützung
durch die Kulturabteilung des Landes Tirol.

Auflage:
4 3 2 1

2016 2015 2014 2013

HAYMON tb **141**

Originalausgabe

www.haymonverlag.at

ISBN 978-3-85218-941-3

Umschlag- und Buchgestaltung, Satz:
hœretzeder grafische gestaltung, Scheffau/Tirol
Umschlagfoto: Giorgio Salomon
Foto S. 237: privat
Autorenfoto: Martin Geier

Gedruckt auf umweltfreundlichem,
chlor- und säurefrei gebleichtem Papier.

Jeannine Meighörner

Speranza

Eine Liebe im Schatten
des Unglücks von Longarone
Roman

Nicht müde werden

Nicht müde werden
sondern dem Wunder
leise
wie einem Vogel
die Hand hinhalten.

Hilde Domin

Jeannine Meighörner

Speranza

Für Riccardo Fontanella – und all die Toten.
Sowie für meinen Vater Günter Zeising.

Zu diesem Buch

Riccardo und Clara Fontanella entsteigen am 9. Oktober 1963 in Longarone dem Nachtzug aus Deutschland. Hinter den visi pallidi – den „Bleichgesichtern“, so nennt man die Eismacher daheim – liegt eine gute Saison. Vor ihnen der Tod.

In dieser Nacht rutscht „der wandernde Berg“ in den Vajont-Stausee. Eine gut 140 Meter hohe Flutwelle vernichtet Longarone. Von dessen 1400 Bewohnern überleben nur 40, darunter Clara und Riccardo, der jedoch seine Eltern und Geschwister verliert.

Erst ihr Hoffnungskind, Sergio „Speranza“, bringt neuen Lebensmut, wo Speranza doch Hoffnung heißt.

Das Hoffnungskind wächst auf, wo Menschen glücklich sein wollen: in der Eisdiele einer deutschen Kleinstadt, die nur wenige Glücksoasen kennt. Doch es ist schwer, als Entwurzelter ein Glücksbringer zu sein.

I.

Longarone, 9. Oktober 1963, 13.39 Uhr

Dieser Tag – eine nette Unverschämtheit des Sommers, eines dieser süßen Versprechen, die man nie wirklich hält. Luft wie Seide, seit der Nachtzug aus Frankfurt die Alpen überquert hatte.

„Der Tod ist ein Heuchler. Eine geschmückte Braut, die dir einen Dolch ins Herz stößt", würde Riccardo für den Rest seines Lebens denken, an Tagen wie diesen, wenn der Sommer den Winter noch einmal übertölpelte.

„Wir haben im Regen geschuftet, während die daheim in der Sonne saßen", hatte er damals zu Clara gesagt. Sie hatte ihre Hände auf seinen Arm sinken lassen, Hände weiß und leicht wie Tauben, hatte „Spielverderber" gesagt. Dass diese Hände so zupacken konnten? Kalte Eisbottiche herumwuchten oder Tabletts voll mit dampfenden Kaffeetassen und den schweren Eiskelchen aus Murano durch das „Cortina" schweben lassen. Wie von einem Engel gelenkt. Dabei hatte sie – blutjung und frisch verheiratet – ihre erste Saison in Deutschland verbracht.

Hinter Mailand hatte Clara eines der Gangfenster aufgezerrt.

„Du wirst dich erkälten", hatte Riccardo gemahnt.

„Pah, das ist italienische Luft", hatte Clara zurück in das Abteil gebrüllt, halb taub vom Geschnaufe der Maschinen, vom Geruckel der Räder, vom Kreischen der Bremsen.

Die Zipfel ihres Kopftuches und einzelne Haare wie schwarze Tentakel vor ihrem Gesicht. Bei Padua hatte sich ihr Kopftuch in den blauen Himmel geschraubt, einem Raben gleich. Sie hatte laut gelacht mit haargefülltem Mund.

„Du wirst dich erkälten. Jetzt sicher“, hatte Riccardo gebrüllt.

„Wir fliegen nach Hause“, hatte Clara gejauchzt, als die Lok das Piavetal hinaufgestöhnt war.

Vom Fenster aus gesehen glich der Bahnsteig von Longarone einer Blumenwiese. Die Farbtupfer wurden zur Schwiegermutter, zu Freundinnen, Schwägerin, den kleinen Cousinen: korallenrot, apricot, türkis, sonnengelb.

Dort, wo ich eingestiegen bin, trägt keine mehr so auffällige Sommersachen, seit die Eisdielen und der deutsche Sommer geschlossen haben, kam Clara in den Sinn. Sie im gedeckten Reisekostüm, wo sich ihr nun nackte Arme entgegenstreckten. Aus Dekolletés gebräunte Brüste hervorblitzten.

Sie hatte ihre zerzausten Haare gerichtet. Auftoupiert zur Farah-Diba-Frisur. In Deutschland brandaktuell. Hatte sie nicht auch ein Farah-Diba-Gesicht?

Clara ließ sich umarmen, den Hals aufrecht, als ziere ein Diadem diese Kaiserinnenfrisur. Ihr werdet euch noch wundern, dachte sie.

Der Zeiger der Bahnhofsuhr ruckelte in Richtung viertel vor zwei.

Von den bunten Frauen würde keine diesen Tag überleben.

Longarone, 9. Oktober 1963, 14.39 Uhr

Clara hatte nach Hause gedrängt, wollte die Gerüche der Reise abwaschen, gemütlich den Koffer auspacken.

In einem luftigen Kleid hätte Clara leichter ertragen, was ihr jetzt bevorstand. Sechzehn Stunden war sie in überfüllten Waggons eingepfercht gewesen, um nun in einem stickigen Wohnzimmer festzusitzen. Ihr Kostüm zwackte an den Nähten um die Taille herum. Der Wollstoff juckte wie die Krätze in dieser Affenhitze, in diesem Affenhaus.

Als Clara am Bahnhof verkündet hatte:

„Ich möchte mich frisch machen in *meiner* Wohnung", hatte ihre Schwiegermutter Carmela sie untergehakt. Sie mit ihrem grobknochigen Arm an ihrem mageren Körper festgeklemmt wie eine Einkaufstasche und mit hausmütterlicher Entschlossenheit über die Piazza Pietro Gonzaga in das Haus der Fontanellas geschleppt. Ihr Revier.

Die Schwiegermutter: Ohne Anstrengung konnte sie zwei Stunden steil aufsteigen, um Heu zu machen. Hieß nicht umsonst „die Bergziege". Wenn auch hinter vorgehaltener Hand, da man Carmelas Hörner fürchtete.

Es war schon genug, dass dieses junge Ding ihrem Riccardo eine Wohnung aufgeschwatzt hatte. Noch dazu in Pirago aufgeschwatzt hatte, für die paar Wochen, die ihr Ältester sonst immer in Longarone gewesen war. Bei ihr. Wo käme man hin, wenn man lauter solche Schwiegertöchter bekäme? Allein diese Frisur. Mein armer Riccardo, mag die Bergziege gedacht haben.

Clara erschien das Wohnzimmer wie der Vorhof zur Hölle. Ein Raum, viel zu klein für all jene, die lärmend dort hineindrängten, klebriger Aperol schwappte über, Panini zerbröselten.

Auf dem „guten Sonntagstisch" mit den barockisierten Beinchen war Gepäck gestapelt. Eine Last, die fast die Decke berührte.

Riccardo hatte Clara dieses Ritual erklärt, seine Familie nannte es „die Koffertombola".

Carmela Fontanella hatte ihren alten Giuseppe gestern fast alle Möbel hinausschleppen lassen, unterdessen hatte sie bei den Nachbarn zwei Dutzend Stühle beschafft. Sollte das Ereignis doch auch ihr großer Auftritt sein.

Bei der Koffertombola hatten die „Bleichgesichter" – die visi pallidi, die im Norden mit dem Sommer Kasse machten, ohne ihn genießen zu können – ihre Schätze vor den Daheimgebliebenen auszubreiten. Vor der Mama eigentlich. Aus dem Koffer heraus, dann war die Beute noch frisch. Wer brachte die schönsten Geschenke? Die üppigste Ausbeute der Saison?

Letztes Jahr hätte Maria gewonnen, „die Schweizerin", hatte Riccardo geklagt. Seine Schwester mit dem klassischen Profil, im Wesen der Bergziege ähnlich. Dynamisch, hart.

Sie hatte für alle Schweizer Messer mitgebracht, Messer mit einer ganzen Werkstatt darin, siebentausend Franken und einen Dallenwiler Bergkäse in der Naturrinde. Dem sei die Nachreife im Koffer schlecht bekommen. Die Mutter hätte die Scheine auf der Wäscheleine im Hof ausgelüftet. Dann Veilchenwasser darauf versprüht und mit dem Bügeleisen die Druckstellen der Wäscheklammern geglättet. Das Geld der Fontanellas sollte duften und aussehen wie neu.

„Dieses Jahr muss *ich* die Koffertombola gewinnen, wo ich doch der Älteste bin", hatte Riccardo noch in Frankfurt getönt. Sie fände das sicher komisch und kapitalistisch. Aber so seien die Fontanellas manchmal.

„Vergiss es. Heuer gewinne *ich* euren bescheuerten Gastarbeiter-Zahltag", hatte Clara gelacht. Ihren Mann damit verblüfft, sich aber nicht ausfragen lassen.

Ihr werdet euch noch wundern, dachte Clara einmal mehr, als sie nun diese Kofferpyramide taxierte.

Ihr Stoffkoffer obenauf. Grün mit kleinen weißen Punkten. Ihre Mutter Filomena hatte ihn ihr zur Abreise im März geschenkt. „Grün ist die Hoffnung und bei jedem Punkt sollst du an mich denken", hatte sie mit belegter Stimme gesagt und gestärkte Schürzen für die Eisdiele hineingelegt.

Sie hoffte, ihre Tochter möge heimkehren nach Peron, einen Tagesmarsch von Longarone ins Agordo-Tal hinauf, aus dem dieser „Deutsche" ihr Kind entführt hätte. Filomena und ihr Mann Alberto waren auch nicht am Bahnhof erschienen, hielten sich überhaupt von diesen Fontanellas fern.

Clara hatte nie die Punkte gezählt, es aber nicht übers Herz gebracht, diese „Punktpeinlichkeit", wie Riccardo sie nannte, einfach verschwinden zu lassen.

Darunter lag sein eleganter brauner Lederkoffer und als breites Fundament zwei schwarze mit abgestoßenen Ecken. Die seien gefährlich, die gehörten der „Konkurrenz", hatte ihr Mann gewarnt.

Die Menschenflut hatte ihn von seiner Frau getrennt. Nur ihre Frisur erlaubte eine Ortung, überragte andere Haartrachten einem umgestülpten Vogelnest gleich. Clara war erstaunt, wie schnell Riccardo sich hatte abdrängen lassen. Am Bahnhof von der Bergziege, dann von deren Glotzpublikum.

Auf Carmelas Handzeichen wuchtete Giuseppe den obersten Koffer vom Tisch, den grünen. Der blieb jedoch verschlossen. Carmela wandte sich zunächst Riccardos Koffer zu. Auf sein Kopfnicken hin löste sie die Verschlüsse und klappte den Deckel zurück.

„Sie geht an dein Gepäck?", hatte Clara gefragt, als er ihr die Spielregeln erläutert hatte. „Du warst ein Alpino – und deine Mama wühlt durch deine Sachen?", hatte sie nachgehakt.

„Na, wenn es sie so freut", hatte Riccardo beschwichtigt und war ihrem Blick ausgewichen. Erschreckend, wie ihr Mann, sonst nie um eine Antwort verlegen, vor seiner Mama kuschte.

Carmela musste nicht wühlen, die Geschenke lagen obenauf.

Braunes Papier, das sie zerriss, gab zwei Kämmchen frei. Solche mit Glitzersteinchen, die gut aussahen in ihrem immer noch dunklen Haar.

Aus einem anderen Päckchen fischte sie eine Krawatte, eine modisch schmale, der Länge nach mit einem 100-D-Mark-Schein bedruckt. Ein Geschenk für den Papa, der verlegen dreinschaute.

Die Arbeit im Sägewerk hatte Giuseppe nie reich gemacht. Nicht einmal wohlhabend. Doch was gab es für Arbeit in diesem Tal der Holzfäller, Köhler und Sägewerker? Viele Finger gingen im Wald oder an einer kreischenden Maschine verloren. Wie manche Hand oder manches Leben.

Er könne noch mit zehn Fingern zehn Grappa bestellen. Würde aber keinen einzigen rühren, um Eis zu machen, hatte er einer Sommerfrischlerin geantwortet, die fragte, warum er kein Eismacher sei. So eine feine Dame aus Venedig.

„Eure Serenissima ist auf Eichenstämmen aus unseren Wäldern gebaut. Dem besten Holz der Welt. Ohne uns wärt ihr längst ersoffen“, hatte er sich vor ihr wichtig getan.

In Longarone gab es zwei Fraktionen, sie spalteten die Familien wie ein Anzündscheit: Die einen gingen ins Holz, die anderen ins Eis. Hatten die Gelatieri, wie sich die Eismacher nannten, doch zunächst ihren Kühlstoff mit Pickeln aus den Gletschern gehackt.

Onkel Bruno hatte Riccardo beigebracht, dass Eis nicht einfach nur kalt war und welche von den zwei Handvoll Sorten, die er kannte, sich in nassem Stroh und in tiefen Kellern am längsten hielt. Es war das speckig glänzende, das leicht blaue. Bruno hatte Gletscher-Aquamarin dazu gesagt.

Wer ein Sägewerk und Wälder besaß, bestimmte in Longarone den Ton, wie die Familie Málcolm; sie regierte ihr Holzimperium von der Villa Stefani aus. Auch der Palazzo Sartori-Protti mit seinen „Gipsärschen“, wie Giuseppe deren Skulpturenpark verunglimpfte, und der Palazzo Mazzolà waren mit Holzgeld bezahlt.

Holzgeld reichte weit. Hatte nicht Caterino Mazzolà das Libretto für eine Oper Mozarts verfasst? War nicht der große Tizian Sohn eines Holzhändlers aus dem Valle di Cadore gewesen? Und Jesus der Sohn eines Zimmermannes?

„Es gilt in den Bergen als Beschimpfung, man fahre Auto, wie einer aus Venedig." All das hatte Giuseppe dieser Flachländerin gesagt.

Dabei waren viele Männer aus dem Holz für Venedig gestorben. Zwei Tage hatten Holzfäller und Flößer dereinst gebraucht, um die Eichen den Piave hinunter bis nach Venedig zu flößen. Zwei Tage auf wackelig vertäuten Stämmen und drei Tagesmärsche zurück. Nicht alle kehrten heim. Manche verschluckte der Fluss, manche erschlug das Holz.

Heutzutage gingen die Jungen ins Eis oder zum Militär. Verließen die Dolomiten, die Giuseppe so liebte.

All seine erwachsenen Kinder waren fort. Selbst seine Tochter eine Eisprinzessin. Sein Sergio bereit zu gehen. Zurück blieben die Kranken, Armen und Alten: Leute wie er.

Und jeder, der ging, nahm ein Stück Hoffnung mit.

Das neue Geld in Longarone war aus Heimweh gemacht. Aus Heimweh und schlechtem Gewissen, wegen des Verrates am Berg und am Holz.

Es waren Gelatieri, die morsche Dächer, zugige Fenster und gestampfte Böden im Haus der Eltern erneuern ließen. Die neue „Gipsärsche" für die Barocktreppe zum Rathaus stifteten, einen Kronleuchter aus Murano für die Kirche des Heiligen Christophorus. „Was braucht der einen Kronleuchter, bezahlt mit Tutti-Frutti-Geld?", wollte Giuseppe wissen.

Doch kehren wir in die gute Stube der Fontanellas zurück.

„Mein Reichtum ist meine Familie", hauchte Giuseppe nun, als Carmela ihm die neue Krawatte umband. Die Geldkrawatte.

Später, als Riccardo diese Stunden immer und immer wieder durchlebte und nach Zeichen durchforstete, bildete er sich ein, der Vater hätte feuchte Augen gehabt.

Krawatten gab es auch für die Brüder, wenn auch nur mit 50-D-Mark-Motiv. Für Riccardos Schwester Maria ein Tischtuch. Mit Banknoten bedruckt, nur große Scheine.

„Wenn Geldgier, dann richtig", rief Riccardo und erheiterte alle.

Unterdessen hatte Carmela den Umschlag gefunden, von der Saisonausbeute prall. Sie beroch ihn ausgiebig und ohne Scham.

„In Frankfurt riecht alles nach Geld. Selbst die feinen Kerle, die unter den Eistischen wie zufällig das Knie ihrer Sekretärin streifen", sagte Riccardo.

Konzentriert fischte Carmela die Scheine aus dem Kuvert. Ließ ihre knochigen Finger geschickt durch das Bündel gleiten. Dabei hatte Riccardo das Geld abgezählt und einen Zettel beigelegt, wie er seiner Mutter zurief.

„Wo käme eine Italienerin hin, wenn sie den Männern glaubte?", hielt sie der Menge entgegen, die schon Wetten auf die Summe abschloss. „Denke an deine feinen Kerle. Was glaubst du, erzählen die ihren Frauen?", äffte sie. Alles brüllte vor Lachen.

Carmelas Wangen glühten in der Farbe ihres Kleides. Blutkoralle. Erstaunlich, dass so eine so etwas trug, dachte Clara. Das sprach für die Wichtigkeit, die sie ihrem Auftritt beimaß. Ihr Blutgericht.

„Siebentausendeinhundertneunzig", rief sie und stopfte ihre Beute in eine Stofffalte hinein. Deshalb also hatte dieses Korallenkleid am Bauch so große Taschen, wie Clara jetzt auffiel.

„Es sind achttausend und du musst die Summe mit der Summe meiner Frau addieren“, rief Riccardo empört. „Mach ihren Koffer auf!“

„Später, später“, beschwichtigte Carmela. „Mein deutscher Geldesel“, säuselte sie dann und kniff Riccardo in die Wange. Ihr Junge verstummte. Glücklich.

Schon hantierte sie an einem der schwarzen Koffer, einem der Konkurrenz.

Es war das Gepäck Marias, „der Schweizerin“. Gleich obenauf ein goldsamtiges Schmuckkästchen.

„Perlen!“ Carmela rieb eine davon an ihren Schneidezähnen. „Echte Perlen, die nicht nach Käse stinken“, kreischte sie und erntete viele Lacher.

Giuseppe wunderte sich über ein Jackett, neumodisch eng mit glänzendem Kragen. Wo sollte einer aus dem Holz so etwas tragen? In der Kirche des San Cristoforo unter dem Kronleuchter aus Murano vielleicht?

Doch Maria hatte ihrem Vater auch Praktisches mitgebracht, etwas, was er begehrte: Rasierklingen von Wilkinson, die es selbst in Belluno nicht gab.

„Mein Gesicht wird so glatt wie ein Gipsarsch vorm Rathaus“, scherzte er.

Riccardo, Ambrogio und Sergio freuten sich über vergoldete Uhren.

„Du verdienst zu viel bei den Eidgenossen“, sagte Riccardo und küsste der Schwester den schönen Nacken. Sie schien von innen heraus zu leuchten in ihrem sonnengelben Kleid.

Carmela nahm nun das Gepäck Ambrogios, „des Franzosen“, in Angriff. Zog ein Tuch hervor, das sie um sich drapierte. Kokett zurechtzupfte. Es war mit Versailles bemalt und so groß, dass das Schloss ihren ganzen Rücken bedeckte.

„Echte Seide“, rief sie strahlend und drehte sich um die eigene Achse. Versailles flatterte.

Diese Bergziege hat zwei Gesichter, dachte Clara. Zwei Gesichter, wie dieses Longarone, abgekämpft und doch kapriziös. Ein Bergkaff, das seit Jahrhunderten der Härte der Elemente standhält und dabei von der Süße Venedigs träumt. Dieses Venedig war eine Kurtisane, die ihre schlichte Herkunft verbarg. War nicht manches in ihrer Heimat so?

Frankfurt hätte kein Geheimnis, außer dem Bankgeheimnis. Und so etwas sei kein Geheimnis, nur Heimlichtuerei, hatte Riccardo erklärt, als sie kurz vor der Hochzeit im Januar hatte wissen wollen, wie es dort so sei.

„Eine Stadt ohne Geheimnis ist wie eine Frau ohne Geheimnis. Vergiss sie“, hatte Clara abgewinkt.

Ja, ich habe ein Geheimnis, dachte sie jetzt.

Carmela war erneut in Ambrogios Koffer abgetaucht. Holte ein Kistchen mit Zigarren hervor, wo der Sohn doch wusste, wie gerne der Vater sie mochte.

Die Geschwister „des Franzosen“ und Clara erhielten den Eifelturm, Notre Dame, einen Ausblick auf die Île de la Cité und Ludwig XIV. mit einer pompösen Perücke als Puzzle. Carmelas Kassensturz ergab zwölftausend Francs.

Nun sollte der letzte Koffer Carmelas Neugier befriedigen.

„Du wirst dich noch wundern“, murmelte Clara, als die Schwiegermutter an ihrem Koffer herumfingerte. Carmela schüttelte den Kopf.

„Diese Punkte, diese Farbe. Wie Gras mit Gänseblümchen. Haltet das Ding von den Kühen fern", sagte sie und erzeugte Gelächter.

Nun war es so, dass die Fontanellas zwei Kühe besaßen und deshalb nicht als arm galten. Und es war Carmela, die diese Tiere mit ihren halsbrecherischen Touren durch den Winter brachte. Sie und der kaum 16-jährige Sergio stiegen jedem grünen Büschel hinterher. Bis hinter die neue Staumauer zum Monte Toc.

Carmela fand dort auch Kräuter für Giuseppes Magenbitter, Waldmeister für ihre Limonaden und im Frühsommer ein Meer der seltenen Bergorchideen.

Der Monte Toc war Carmela jedoch unheimlich geworden. Hirten, die das Terrain wie niemand sonst kannten, nannten ihn den „wandernden Berg". Er sei erwacht und wolle sich an dem Stausee rächen, der ihm die Füße nass mache, orakelten sie.

Nun, wer gab schon etwas auf das Gerede so einfacher Leute?

Doch Carmela hatte die Schrunden auf den steilen Hängen zum See hin selbst gesehen. Klaffende, mannsbreite Spalten, die einen Blick tief in das Fleisch des wandernden Berges erlaubten. Es schimmerte rötlich.

„Der Monte Toc hat Wunden, blutige Wunden", hatte sie nach der zweiten Bergmahd Giuseppe berichtet.

„Man soll die Berge nicht herausfordern!" Mehr hatte er dazu nicht gesagt.

Carmela wusste, bald müsste sie ihre Tiere alleine durchbringen. Dann würde auch Sergio, ihr Nesthäkchen mit den verträumten Augen, ein Bleichgesicht, das in Eisküchen und hinter Eistheken keine Sonne mehr sähe. Dort, wo das Geld wohnt.

Clara, die von den Sorgen ihrer Schwiegermutter nichts wusste, drängte sich nach vorne. Wollte der Tonangeberin in diesem Haus ihr Gepäck nicht einfach so überlassen.

Hier ein kleiner Rempler, dort ein Knuff. Riccardo erkannte das trotzige Kind, das er zuvor im Zug erlebt hatte.

Das gibt Ärger. Er wusste es.

Die Frauen standen sich gegenüber. Eine trug eine Kaiserinnenfrisur, die andere ein Königsschloss auf dem Rücken.

Clara preschte vor und riss mit einem lauten Ratsch das Koffermaul auf.

„Bediene dich", sagte sie mit einer komödiantisch einladenden Handbewegung.

Im Raum wäre das Fallen einer Stecknadel zu hören gewesen. Jeder spürte die Spannung zwischen der alten und der jungen Frau.

Carmela sah, dass kein Geschenk obenauf lag. Kein Päckchen, kein Umschlag.

Hatte ihre Schwiegertochter nichts für sie?

Sicher hatte Riccardo ihr die Koffertombola verschwiegen. Diesen Familienspaß, nachdem sie ihre Kinder so lange hatte entbehren müssen. Diese Angeheiratete wollte einfach nicht mittun in ihrer neuen Familie. Mein armer Riccardo.

Carmela, die Unerschütterliche, verlor ihre Contenance. Befingerte Socken, Unterwäsche, Pullover, Röcke. Ihre Finger nervöse Detektive. Zogen Schuhe hervor, falteten Schürzen auseinander. Wühlten in den Eingeweiden des grünen Tieres herum. Ihr Gesicht betrog ihre Hände und ihre Hände belogen ihr krampfhaft fröhliches Gesicht.

„Vorsicht, Mausefalle“, rief Clara plötzlich.

Carmela zuckte zurück. Ein Raunen ging durch die Menge.

„Das ist nicht lustig“, schimpfte sie.

„Nun, Schatzsucherin, schau im Deckel“, sagte Clara dann betont freundlich. Dieses Duell würde sie gewinnen.

Der Arm der Schwiegermutter verschwand bis zum Ellenbogen in einer Innentasche, bekam eine Papiertüte zu fassen.

Carmela sah weiße Spitze aufblitzen.

„Du hast mir Unterwäsche mitgebracht?“, fragte sie ungläubig.

„Viel besser“, sagte Clara.

„Ein Kleidchen? Oh mein Gott, ein Taufkleid“, schluchzte die Rivalin plötzlich.

„Negro, wir erwarten ein Kind“, sagte Clara, ihren Mann mit den Augen suchend. Negro und Negra nannten sie sich sonst nur in Momenten der Zärtlichkeit.

„Negro“, rief Clara nun mit einem nachdrücklichen Unterton in der Stimme.

Das sah ihm ähnlich, er würde ihren Triumph verpassen.

Sie schärfte ihren Blick, aber fand ihn nirgendwo.

Longarone, 9. Oktober 1963, 18.39 Uhr

Endlich ausruhen und die Beine hochlagern. Ihr Geständnis brachte Clara einen Sitzplatz ein. Den Ohrensessel von Großmutter Rosa sogar, den Giuseppe erst gestern aus dem Wohnzimmer in den Schuppen hatte schleppen müssen und nun wieder hereinbrachte. Auf Geheiß seiner Frau.

Er roch etwas muffig, wirkte aber königlich, als Maria ihre neue Tischdecke darüber ausgebreitete.

„Der neue Fontanella sitzt schon jetzt auf Geld“, scherzte Giuseppe. Zuvor hatte er seine Schwiegertochter so heftig umarmt, dass ihr die Luft weggeblieben war. Einer aus dem Holz konnte zupacken.

Die Bergziege auch. Sie hatte Clara in die Wange gekniffen, die Druckstelle wirkte nach.

Der ganze Schwarm aus Carmelas Wohnzimmer beglückwünschte die junge Mutter. So leidenschaftlich, dass ihre königliche Erscheinung Schaden nahm. Doch was war eine in Schieflage geratene Hochfrisur gegen eine gewonnene Schlacht?

Clara war als Siegerin aus der Koffertombola hervorgegangen. Was war käuflicher Tand, was waren Perlen, selbst Geld, gegen so ein Geschenk?

„Jetzt weiß ich, wozu der Sessel von Oma Rosa noch taugt. Darauf kannst du unser Kind wickeln. Wickeln und stillen“, tönte Carmela.

„Mein Kind wird in Frankfurt geboren“, antwortete Clara.

„Unmöglich“, brach es aus Carmela heraus. „Und wieso?“, schickte sie in geminderter Lautstärke nach.

„Weil ich rechnen kann. Es kommt im April. Zu Beginn der Saison“, sagte Clara.

„Unmöglich“, beharrte Carmela.

„Unmöglich?“, fragte Clara.

„Unmöglich, dass dieses Kind ein Deutscher wird“, und einmal mehr brach Carmelas Stimme. „Gnädiger Gott, steh meinem Enkel bei“, jammerte sie und sank auf die Knie, haspelte ein Vaterunser und zwei Ave-Maria herunter, wobei sie ihre Augen mit einem Taschentuch betupfte.

Clara saß auf dem Geldsessel, dessen Rückenteil sie klein und zerbrechlich erscheinen ließ. Müde sah sie aus, bleich sowieso, wie alle Gelatieri. Dabei schien sie meilenweit von dem Spektakel entfernt, das ihre Schwiegermutter im gleichen Raum vollführte.

Giuseppe musterte beide Hauptdarstellerinnen aus der Distanz. Soweit dieser Hexenkessel überhaupt Distanz zuließ. Wie unterschiedlich sie doch waren. Doch dieses keimende Leben hatte sie durch ein Band des Blutes verbunden, wie man in den Bergen sagte.

Hier seine halsstarrige Ziege, einem Mufflon ähnlich, die, bis Blut aus all ihren Gesichtshöhlen flösse, auch aus den Augen, wie er bei kämpfenden Böcken gesehen hatte, für ihre Familie kämpfen würde. Auch für dieses ungeborene Kind.

Dort diese schöne junge Frau, etwas unnahbar, die es gewagt hatte, Carmela gegenüberzutreten. Sicherlich schenkt sie uns ein bildhübsches Kind, mag Giuseppe gedacht haben.

Diese aufmüpfige Person mit ihrer spröden Mutter aus diesem Bergkaff Peron ist schwanger. Von meinem Ältesten schwanger. Mit meinem ersten Enkel! Nun muss sie mittun in der Familie, mag seine Carmela gedacht haben.

Und Riccardo?

Er hatte dem Druck seiner Blase nachgegeben. Zu viel Kaffee, viel zu viel Wein.

Wie hatte er als Kind den Gang über diesen Hof gehasst, besonders im Winter und in der Nacht. Zugig war er und schmutzig. Stank nach Carmelas Tieren und nach Blut, sofern sie wieder eines davon geschlachtet hatte.

In einem Blutrausch hatte ihn auch der Hund des Nachbarn gebissen, ein bulliger Metzgershund, Mussolini hatte der geheißen.

War man in diesem Terrain nicht achtsam, trat man in Ziegenköttel oder Hühnerkot, wobei Ersteres der bessere Fehltritt war. Ziegenköttel trockneten schnell und federten elastisch nach, wohingegen Hühnerscheiße wie Schmierseife war.

Endlose Wochen war er als Kind allein in den Bergen gewesen, mit dem Befehl, ihre Ziegen zusammenzuhalten.

So hatte er seinen dreizehnten Geburtstag verbracht. Am Fuß des Monte Toc. Ungefähr auf der Höhe, wo sich jetzt die Wellen des neuen Stausees kräuselten. Hatten sie nicht auch in Deutschland berichtet, der Vajont-See sei nun bis auf 700 Meter Höhe mit Wasser geflutet?

Einsam und hungrig war er an diesem Tag gewesen. Der Tag, an dem er beschlossen hatte, Onkel Bruno zu bitten, ja, anzuflehen, dass er ihn mitnähme ins Eis.

Er würde diese Welt der kotigen Hinterhöfe, der schweißtreibenden Aufstiege für ein paar Bissen Futter, der Insekten, die das Vieh und den Hütebub blutig stachen, und der schweigenden Wälder verlassen. Nein, das Holz erzählte nichts, gar nichts, wie sein Vater immer behauptete hatte.

„Jede Autohupe in Frankfurt verrät mir mehr als das dröge Knarren deiner Bäume", hatte Riccardo dem Vater nach einer seiner „Bergpredigten" vorgehalten, worauf dieser tagelang nicht mit ihm gesprochen hatte.

Und wie die Mutter heute wieder auftrat. Mit diesem lauten Getue, in diesem viel zu lauten Kleid.

Alle Mütter der Gelatieri vermissten ihre Kinder in einer Region, wo es zu viel Arbeit und kaum Abwechslung gab. Verständlich, dass es ein Festtag war, wenn die Eismacher zurückkehrten. Waren sie doch die Garantie für einen fetten Winter. Doch Mama schoss wieder einmal über das Ziel hinaus.

Frauen in Deutschland waren anders. Wenn er nach einem guten halben Jahr aus Frankfurt zurückkam, fiel ihm auf, wie leise Longarone und wie laut seine Bewohner waren.

Nächstes Jahr würde er seiner jungen Frau mit ihren kaum 19 Jahren so etwas nicht mehr zumuten. Waren sie beide schon von ihrer Heimat entfremdet?

Keine fröhlich vor sich hin lärmenden Italiener mehr und noch lange keine verstockten Deutschen?

So fremd wie heute hatte er sich noch nie in Longarone gefühlt. Außer an seinem 13. Geburtstag vielleicht.

Mit geleerter Blase und gedankenschwerem Kopf kam Riccardo vom Plumpsklo zurück. Es eilten ihm ein paar Schreihälse aus Carmelas Wohnzimmer entgegen.

„Herzlichen Glückwunsch", riefen sie.

Herzlichen Glückwunsch? Hatte seine Clara mehr Geld als er im Koffer gehabt? Unmöglich, sie arbeitete ja für ihn.

„Du Teufelskerl, kaum verheiratet und schon ein Treffer“, feixte der fette Dobertini von nebenan und klopfte ihm auf die Schulter, als ob er sie zertrümmern wolle. Auch er ein Mann aus dem Holz und Besitzer des bissigen Mussolini. Dabei trug er immer diese Wollpullunder, die ihm seine Mutter strickte, was ihn bei diesen Temperaturen mit einer Geruchswolke aus schmutziger Wolle und Männerschweiß umgab.

Diese Dorftrottel und ihre derben Scherze. Wenn sie beim Metzger eine Sau losbanden und das arme Vieh durch die Straßen hetzten, lachten sie einen Monat lang.

Als Riccardo dämmerte, was während seiner Pinkelpause geschehen sein mochte, sah er auch, dass ein Hemdzipfel im Hosenschlitz klemmte. Er stand wie ein weißes Fähnchen hervor.

„Pack ein, du hast die Arbeit schon getan“, lachte der fette Dobertini, dabei fletschte er die Zähne wie sein Hund.

„Ist dein Mussolini tot?“, fragte Riccardo, um vom Hantieren an seinem Hosenschlitz abzulenken.

„Wird Vater und faselt über einen Hund? Erschossen habe ich ihn, als er taub wurde“, röhrte Dobertini über den Hof.

Erst da begriff Riccardo, worum es ging.

Er wollte schnell ins Haus, schnell in das Wohnzimmer gelangen. Doch dieser Hemdzipfel wollte einfach nicht in die Hose zurück.

Alle hatten ihr schon gratuliert, das ganze Obere Veneto, wie es Clara erschien. Menschen, die sie nicht kannte, hatten sie angefasst. Menschen, die sie kannte, aber nicht näher kennen wollte, hatten sie geküsst, mit ihrem Weinatem eingespeichelt und beinah erdrückt. Oder schmerzhaft gekniffen, so wie Carmela. Dieses Urviech.

Wo war Riccardo?

Sie spürte, wie Sorge in ihr hochkroch. Sie schmeckte sauer.

Was war mit ihm? War er einfach nach Hause gegangen? Zu ihnen nach Pirago? Carmelas Theater und der ganze Umtrieb würde vielleicht auch einem Fontanella zu viel.

Hatte sie nicht schon gehört, dass neue Väter, werdende Väter, in einem Wirtshaus verschwunden seien, tagelang? Zumindest in den Bergen.

Dann wurde Clara von hinten umarmt und auf den Nacken geküsst. Heftig geküsst, fast niedergerungen. Dies gab ihrer Frisur den Rest, denn der Angreifer verhedderte sich in den Haarnadeln, dem Geheimnis ihrer Farah-Diba-Frisur.

Er jaulte auf.

Es war Riccardo und er betastete seine Lippen.

„Du bist ein wandelndes Nadelkissen“, schimpfte er.

War er angetrunken, wie manche von Carmelas Gästen?

„Warum hast du mir nichts gesagt“, zischte er dann in ihr Ohr und biss ihr ins Ohrläppchen.

Carmela war noch in ein Gebet versunken. Auf Knien, eine ihrer dramatischen Übungen, die Riccardo von früher noch kannte.

„Weil ich mir nicht sicher war. Weil ich dir daheim alles sagen wollte“, flüsterte Clara.

„Wieso hast du sie dieses Taufkleid finden lassen? Man hat mir im Hof alles erzählt, als ich vom Pinkeln kam“, flüsterte er.

„Weil ich zornig war. Deine Mutter hat mich vom Bahnhof hierher verschleppt und du hast es zugelassen. Ich wollte mich nicht von ihr vorführen lassen. Nicht ohne diesen Triumph. Für uns!“, brachte Clara noch heraus, denn unterdessen hatte Carmela ihre Andacht beendet und stakste mit noch steifen Knien auf ihren Sohn zu.

„Deine Frau behauptet, mein Enkel wird in Frankfurt geboren“, sagte sie.

„Dort gibt es gute Krankenhäuser. Wenn Clara möchte, dass unser Kind dort geboren wird, dann wird es so sein, Mutter“, sagte er ihr ins Gesicht, woraufhin sie ihr Taschentuch hervorzog und es in ihrer Hand zerknüllte, bis die Gelenke weiß wurden.

„Lass uns feiern, Frau. Lass dich feiern, Clara!“ Giuseppe trat zwischen die Frauen, in der Gewissheit, dass guter Rat jetzt teuer sei.

„Gehen wir ins ‚Dopolavoro‘! Zum Europapokal der Landesmeister, Real Madrid gegen die Glasgow Rangers“, rief der fette Dobertini, der jetzt ins Wohnzimmer stolperte.

Carmela, die wusste, wie sehr Riccardo diese Fußballübertragungen liebte, war geneigt zuzustimmen. Er wäre einsichtiger hinterher. Und sie würde ihn aushöhlen, wie ein steter Tropfen den Stein. Bis zum Frühjahr hätte sie Zeit dazu. Nach dem Spiel wäre vor dem Spiel.

Würden ihre Kinder aus dem Eis auch nächsten Oktober wieder gutes Geld mitbringen, wäre vielleicht ein eigenes Fernsehgerät drin. Man würde sie in Longarone beneiden.

Doch zuvor musste sie dafür sorgen, dass die Saisoneinkünfte gesichert wären. Schon allein als Großmutter.

„Zuerst wird Kasse gemacht. Für unser Kind", rief sie und hieß Giuseppe alle Koffer beiseite schaffen. Dann fischte sie die gehorteten Schätze aus ihrem Korallenkleid und legte sie auf den guten Tisch. Bunte Häufchen, je nach Währungen getrennt.

„Mama nimmt sich nur jeden Zehnten. Nie mehr", hatte Riccardo noch in Frankfurt erklärt.

„Uneigennützig wie die katholische Kirche", hatte Clara damals gescherzt.

„Nun, sie hat uns großgezogen und ernährt. Sie mit ihren stinkenden Viechern. Mein Vater ist nur ein Mann im Holz", hatte Riccardo abgewiegelt.

„Und dein Geld?" Carmela hatte jetzt einen knochigen Finger auf Clara gerichtet.

„Du forderst Geld von der Kindsmutter?", fragte Riccardo entrüstet.

„Keine Lira oder was auch immer. Ich will nur, dass Geld für unser Kind beiseite gelegt wird. Jetzt sofort und morgen in Belluno auf die Bank damit ", sagte sie.

„Habt ihr gehört, wir sparen für den kleinen Fontanella", rief sie in den Raum und klatschte laut in ihre Hände. „Gebt, was ihr habt. Wenn ihr nichts mehr habt, dann gebt noch mehr. Das gilt auch für unsere Gäste. Ich muss einen neuen Fontanella durchbringen", tönte Carmela. Sie war wieder in ihrem Element.

So brachte sie auch ihre Schwiegertochter dazu, über den schmutzigen Hinterhof zu trippeln. Im Zickzack-

Parcours. Mit ihren spitzen Schuhen mit den Pfennigabsätzen hüpfte Clara angewidert über eine zertretene Maus, den engen Kostümrock übers Knie gezogen. Sie fühlte sich wie eine feine Frankfurter Dame in der Diaspora.

Nach der Entleerung ihrer Blase holte Clara ihre Saisonersparnisse hervor. Aus ihrem BH. Ein Klassiker.

Sie überlegte, die Hälfte davon zurückzubehalten. An ihrem Busen. Er schmerzte schon bei jeder Berührung, dort waren die Scheine sicher.

Niemand könnte sie dort anfassen, ohne dass sie es merkte.

Selbst im Schlaf nicht. Das war auch Riccardo nicht mehr gelungen. Männer waren so dumm. So hatte sie ihre Ersparnisse sicher über die Alpen gebracht. Nur, um sich jetzt von Carmela ausplündern zu lassen?

Ob ihre sauer verdienten D-Mark sicher waren bei dieser unmöglichen Person?

Doch dann überkam Clara die Eitelkeit. Diese neugierige Ziege sollte ruhig sehen, dass sie über zweitausend Mark verdient hatte. Eigenes Geld. Dabei bezahlte Riccardo sie weiß Gott nicht blendend. Mehr als die Hälfte davon war Trinkgeld!

Sie war hübsch, sie war modisch, sie war flink, so etwas zog in Frankfurt.

Morgen würde sie mit Riccardo zur Bank gehen, um ihr Eisgeld dort zu bunkern. Die Bergziege bräuchten sie nicht.

Die bekäme auch keinen „Zehnten“ von ihr. Den bekäme ihre Mutter Filomena. Nein, sie bekäme mehr, denn das Leben in Peron war härter als in Longarone und sie die einzige aus ihrer Familie im Eis.

Dennoch geschah es, dass alles Geld, das über die Alpen gereist war, auf Carmelas gutem Tisch landete. Auch Claras Busengeld. Es war noch warm.

Noch andere Menschen legten Scheine auf die Tischplatte, die zu Lira-Bergen emporwuchsen. Doch was war das schon gegen die harte deutsche Mark oder gegen Schweizer Franken?

Carmela nahm ihren Anteil von ihren Kindern. Dabei stellte sich heraus, dass sie die aktuellen Wechselkurse durchaus kannte. Diese Bergziege war nicht dumm, musste Clara sich eingestehen.

Dann steckte sie die Ausbeute aus Frankreich, der Schweiz und Deutschland in die passenden Umschläge zurück, deren Beträge sie noch genau im Kopf hatte.

Nun musste ein Versteck für das „Enkelgeld" gefunden werden, wie Carmela es jetzt nannte.

Da käme allein ihre Hochzeitstruhe in Frage, darüber war man sich in der Familie sofort einig. Drei ihrer Brüder hatten das Holzungetüm vor 33 Jahren – sie hatte es von ihrer Mutter geerbt, diese wiederum von ihrer Mutter – in Giuseppes Jugendzimmer gewuchtet, das so seine Keuschheit verloren hatte, wie er damals gescherzt hatte.

Seitdem nahm es ein Viertel des Raumes ein. Allein das eiserne Schloss daran war groß wie ein Vogelhäuschen.

Wenn die Apokalyptischen Reiter kämen, könne sie, in ihrer Hochzeitstruhe verborgen, überleben, hatte sie damals gemutmaßt.

Hierher kämen keine Reiter, apokalyptische schon gar nicht, eher die Sintflut oder ihr Ehemann, hatte Giuseppe darauf geantwortet. Und vor ihrem Mann dürfe sie sich nicht verstecken, denn sie hätte jetzt ja eheliche Pflichten. Und als Arche sei ihr Holzmonster zu schwer.

Es war aus bester Dolomiteneiche, fraglos.

„Dem Holz, dem Venedig alles verdankt. Seine Paläste, seine schnellen Galeeren, mit denen sie die Meere beherrschten“, wie Giuseppe vor seinen Kindern dozierte.

„Als rate er der Zürcher Kantonalbank, ihre Tresore fortan aus Holz zu zimmern. Vom Vater gefällt und im Sägewerk zersägt“, antwortete Maria. Der Tonfall „der Schweizerin“ verriet, wie sehr Giuseppes Holzpredigen eine aus dem Eis wohl über Jahre gelangweilt hatten.

Zur Bewachung des Enkelgeldes müsste Sergio im Haus bleiben, beschloss der Familienrat. Der Junge protestierte heftig und riss so entsetzt seine Augen auf, dass man beschloss, sein Cousin Francesco Fontanella müsse ihn nach der ersten Halbzeit ablösen. Nun, Carmela entschied dies, wie alles in diesem Haus.

Die Koffertombola war nun Geschichte und die Aufmerksamkeit der Fontanellas und ihrer Gäste schwenkte auf das Fußballereignis um.

„Real Madrid hat beim letzten Spiel die roten schottischen Löwen daheim noch gut aussehen lassen. Nur ein Tor haben die Schotten kassiert. Dabei war viel mehr drin“, rief der fette Dobertini.

„Nie, die schottische Abwehr ist gestanden wie ein Mann“, rief Giuseppe, der neben dem Holz und den Bergen auch Fußball liebte. In dieser Reihenfolge.

„Ein 1:0, was ist das schon für die Spanier?“, schloss sich Riccardo dem fetten Dobertini an, den er zwar nicht mochte, der aber, als er noch schlank und beweglich war, in der Bezirksliga für Belluno gespielt hatte. Seitdem galt er in Longarone als Experte.

„Beim Rückspiel im Estadio Santiago Bernabéu werden die Schotten es schwer haben. Aber die sind zäh. Kerle aus den Bergen. Wohingegen die Madrilenen doch wie Venezianer sind. Krankhaft eitel halt“, so befeuerte Giuseppe die Fachsimpelei.

„Beim Fußball ist jeder italienische Mann ein Experte, wie in der Liebe. Er meint dies zumindest“, warf Carmela in die Runde und fand – zum ersten Mal an diesem Abend – auch Claras Zustimmung.

„Andiamo, ihr Fußballgötter, auf in den Kampf“, rief Carmela dann.

Schon war das Haus versperrt und Sergio übellaunig mit dem Schatz und den Koffern zurückgelassen. Je nachdem, wie feucht-fröhlich das Fußballfest wäre, würde Riccardo das Gepäck in der Nacht abholen. Maria und Ambrogio würden den Winter ja in ihrem Elternhaus verbringen, wie es sich Carmela von all ihren Kindern gewünscht hatte.

Jetzt trieb sie ihre Familie über die Piazza Pietro Gonzaga mit Schnalzlauten, Pfiffen und wild fuchtelnden Armen gleich einer Herde Ziegen.

Giuseppe ging auf ihr Spiel ein, deutete mit den Zeigefingern an seinem Kopf Hörner an und griff Carmela zum Schein an. Was für eine Szene, die Treiberin und ihr Bock umkreisten einander: Carmela übertrieben herausgeputzt und Giuseppe in Marias neues Jackett gezwängt, die Geldkrawatte baumelte vor seiner Brust. Blendend sah er aus. Gar nicht wie ein Mann aus dem Holz.

Clara hingegen verharrte.

„Ich gehe nach Hause!“, sagte sie und stöhnte auf, als ob eine Last von ihren Schultern fiele. Riccardo, der seine Frau mit sich ziehen wollte, so wie seine Mutter es getan hatte, spürte ihre Fingernägel in seiner Armbeuge. Dass Claras weiße Taubenhände solche Krallen hatten?

„Doch nicht jetzt. Doch nicht zum Europacup! Auch meine Geschwister, die ja auch erst angereist sind, kommen mit", jaulte er auf.

„Und?", wollte Clara wissen.

„Im ‚Dopolavoro' warten Kameraden von den Alpini auf mich", empörte er sich.

„Eben", sagte sie barsch. „Eine zweite Koffertombola, nur in der Variante, dass ein Ball über den Bildschirm rollt, ertrage ich nicht. Kein Geschrei, keine Geldprotzerei und keine Wetten mehr. Fußballwetten schon gar nicht."

„Komm, auf geht's", rief Carmela, klatschte in ihre Hände und warf ihre Arme nach vorne, so als scheuche sie ein ausbrechendes Tier in die Herde zurück.

Es war Ambrogio, der Clara zu Hilfe kam.

„Ich tue mir das auch nicht mehr an. Will im ‚Dopolavoro' nur telefonieren. Mit einer Hübschen aus dem Zoldotal. Ich möchte sie auf die Nacht noch besuchen. Vielleicht geht sie im Frühjahr dann mit mir ins Eis", lachte er und errötete.

„Ist mein kleiner Franzose verliebt?", neckte Riccardo. „Gibt es dort keine charmanten Mademoiselles?"

„Schönheiten gibt es genug. Aber ich will eine Frau von hier. Die sind zäh und gut gegen Heimweh", antwortete Ambrogio. „Du kannst dich glücklich schätzen. Deine Clara ist wunderbar und sie ist schwanger. Was sonst will ein Mann aus den Bergen?", fuhr er fort und legte seinem Bruder eine Hand auf den Rücken.

„Eben", sagte Clara einmal mehr und lächelte matt.

„Bring deine Frau nach Hause, Riccardo", insistierte Ambrogio jetzt.

„Muss der Papa schon das Kind hüten?", feixte der fette Dobertini, der die letzten Worte aufgeschnappt hatte.

„Halt dein Schandmaul. Schweig und ertrage wie ein Mann, dass deine Zuckerpüppchen-Spanier gegen die Bergschotten verlieren", rief Giuseppe, der erstmalig an diesem Abend für Riccardo eintrat.

„Sollte das passieren, wandere ich aus nach Venedig", sagte Dobertini und alles lachte.

„Bring meinen Enkel halt nach Hause und komm dann nach", sagte Carmela jetzt, Riccardo zugewandt. „Eine Frau in ihrem Zustand sollte nicht mitansehen, wenn dieses Großmaul oder der zukünftige Großvater weinen wie kleine Kinder", sagte sie und zauberte ein weiteres Lächeln auf Claras Kaiserinnen-Gesicht.

Diese schwangere Diva wäre nur lästig. Beinahe hätte sie die Koffertombola verdorben. Sollte sie sich doch verkriechen in ihrem Nest.

Im „Dopolavoro" würde sie niemand vermissen. Alle würden Giuseppe und ihr gratulieren. Zu ihrer neuen Garderobe und zu ihrem ersten Enkel. Es wäre ein Fest für sie. Was für ein prächtiger Tag für eine Mama aus den Bergen!

Riccardo und Clara bogen in die Strada d'Alemagna ein. Diese Hauptstraße, die durch die Dolomiten bis nach Österreich führte, würden sie bis nach Pirago verfolgen. Es war auch in modischen Schuhen und einem engen Reisekostüm zu schaffen.

Doch zunächst drückte Riccardo seine Frau an sich. Zärtlich. Fühlte zum ersten Mal an diesem Tag ihr Herz schlagen. Wie gut sie immer noch roch.

„Was für ein Idiot ich doch manchmal bin. Kaum bin ich in den Bergen, werde ich zum Esel. Oh, Negra“, stöhnte er.

„Eben“, antwortete Clara nur, nicht an seine Sprache der Zärtlichkeit anknüpfend.

Über ihre Schulter sah Riccardo dann, wie Maria und Ambrogio ihm zuwinkten.

Selbst Carmela deutete ein Winken an.

Der Strass in ihrem Haar fing das letzte warme Licht. Ihr Korallenkleid schien zu glühen. Selbst aus den Fensterfluchten von Versailles züngelten Flammen.

Giuseppe hatte einen Arm um ihre Taille geschlungen. Keine albernen Spielchen mehr. Selten hatte Riccardo seine Eltern so innig erlebt. Sie würden die ganze Nacht feiern. Würden singen und auf der Piazza tanzen. Eine Luft wie Seide, immer noch.

Das war Italien, er war angekommen. Gut, dass es diese netten Unverschämtheiten des Sommers hier so lange gab.

Von fern brüllte Dobertini laut wie ein Ochse:

„Ciao Papa. Und komm gleich nach, sie ist ja schon trächtig!“

Dabei beulte er mit beiden Händen, eine Schwangerschaft andeutend, seinen stinkenden Wollpullunder aus.

Pirago, 9. Oktober 1963, 21.39 Uhr

Clara erwachte. Riccardos Atem rasselte neben ihr. Er lag auf den Rücken und schnarchte, was er nur bei großer Erschöpfung tat oder nach zu viel Wein.

Er war also nicht mehr ins „Dopolavoro" verschwunden. Die Reise und der Zirkus in seinem Elternhaus hatten wohl auch ihm zugesetzt.

Ein Hustenreiz zwang sie, sich aufzusetzen.

Kam das von der Trockenheit in ihrer Kehle oder hatte sie sich im Zug etwas eingefangen? Dann würde sie sich Riccardos Sticheleien anhören müssen. Tagelang. Wer stand im Fahrtwind wie eine Galionsfigur und wer wollte nicht hören? – so in diesem Stil.

Ein fernes Grollen drang durch die Fensterläden, ein Gewitter schien im Anrollen zu sein. Das war der Denkzettel für einen so prächtigen Tag. Schließlich ging es auf Mitte Oktober zu.

Dass Riccardo die Läden immer so fest verschließen musste. Keine Hand sah man vor den Augen. Wie in einem Sarg fühlte man sich. Hatte sie ihm das nicht schon oft genug gesagt?

Sie erhob sich aus dem Bett, taumelig. Ein stechender Schmerz fuhr ihr in den Knöchel, elektrifizierte ihr Bein bis zum Knie. Sie schrie auf.

„Commandante, ich bin einsatzbereit", rief Riccardo mitten aus einem gurgelnden Schnarcher heraus, Nachwirkungen seiner Zeit bei den Alpini, die sie im Halbschlaf bei ihm schon öfters erlebt hatte. Gott sei Dank war sein Jahrgang am großen Krieg vorbeigeschrammt.

„Ist etwas mit dir?“, rief er im Wachwerden. Sie war *schwanger*! Jetzt fiel es ihm wieder ein.

„Ich bin durstig und habe mir beim Aufstehen wohl an der Kante des Schrankes den Knöchel angeschlagen. Diese Scheiß-Fensterläden, diese Dunkelheit wie in einer verdammten Totenkiste“, schimpfte sie.

„Noch lebst du, sonst würdest du nichts spüren. Auch das nicht“, murmelte Riccardo und tastete nach seiner Frau. Fand eine Brust und umschmiegte sie mit seiner Hand.

„Vorsichtig“, sagte sie.

„Wahnsinn, wie prall die Dinger sind, wie diese deutschen Knödel“, er klang auf einmal hellwach. „Sagen sie nicht Königsberger Klopse dazu? Uh, wer möchte etwas essen, das Klopse heißt? Die Hessen sagen auch ‚klopse‘ als Aufforderung, jemanden zu verprügeln“, sagte er noch.

„Meine Königsberger Klopse schmerzen“, kicherte Clara.

„Mach deinen Mann nicht unglücklich“, jammerte er.

„Nun, man kann es aushalten, wenn man will“, sagte sie.

„Willst du, Negra?“, fragte Riccardo zuckersüß und berührte ihre zweite Brust.

„Wenn ich etwas will, dann Wasser. Deine Belohnung kommt später, vielleicht“, sie klang nicht wirklich erotisiert. Er wusste, er würde sich anstrengen müssen. Bei Clara kam man nur mit Wohlverhalten weit.

„Bin schon zu Diensten, kleine Mama. Bleib liegen, du darfst nicht stürzen“, sagte er.

„In dieser Friedhofs-Dunkelheit tue ich einen Teufel“, maunzte sie.

„Meine Hände können sehen, kleine Negra", sagte er und ließ eine Hand noch einmal unter ihr Betttuch gleiten. Fand ihren warmen Bauch. Drückte mit seinem Zeigefinger auf ihren Nabel. „Ring, ring, da steht es jemand draußen. Ring, Ring, da steht jemand draußen", korrigierte er. Ein altes Spiel zwischen ihnen, das ihm schon manche Belohnung eingebracht hatte.

Clara schlug nach seiner Hand, nicht ohne erneut auflachen zu müssen, was in einem Hustenanfall endete.

„Ich eile, ich fliege, werte Dame. Aber lassen Sie in der Zwischenzeit Ihre Klingel reparieren", rief Riccardo und hüpfte aus dem Bett, so dass die Matratze in Wellengang geriet.

Es würde rumpeln – und es rumpelte. Clara hatte mit angehaltenem Atem darauf gewartet. Riccardo war einmal mehr mit dem Kleiderschrank kollidiert, denn ihr Schlafzimmer war so winzig, dass sie dessen Flügeltür offen stehen ließen, wenn sie sich im Duett auszogen. Zumindest wenn es pressierte, ihre Ehe war ja noch so jung.

„Verdammte Zigarrenschachtel", brummte Riccardo und Clara hörte seine nackten Füße in Richtung Küche tapsen.

Sie lag still. Lag still und wartete.

Hatte jetzt wirklich Durst. Großen Durst nach dem Wasser der Berge, das sie in Deutschland so vermisst hatte.

Riccardo blieb verschwunden und sie lag wach. Lag wach mit einem Kratzen im Hals und ärgerte sich in diese Scheiß-Dunkelheit hinein. Eine Schwärze, die sich ihr schwer auf die Brust setzte und in sie hineinkroch.

Eine Provinzdunkelheit. So etwas war sie aus Frankfurt nicht mehr gewöhnt.

Dort strahlte die Leuchtreklame von der Nachtbar gegenüber in ihr Schlafzimmer hinein. In Feuerwehrrot. Riccardo hatte den Vermieter darum gebeten, Rollläden anzubringen, denn diese Signalfarbe fraß sich selbst durch den dicken Wollstoff der Vorhänge hindurch.

„Was wollen Sie, Herr Fontanella? Rot ist doch die ideale Farbe für ein Schlafzimmer. Und sehe ich wie ein Banker aus?", hatte der Vermieter geantwortet.

Im Laufe der Saison hatten sie sich an diese Rotverschmutzung gewöhnt, wie sie sie fortan nannten.

Die Farbe sei zumindest erotisch. In Longarone würde sich kein Mann trauen, in seinem Schlafzimmer so ein Licht anzubringen, schon allein wegen der Nachbarn, auch wenn sie alle davon träumen.

„Stell dir die Frau vom fetten Dobertini vor, die seine Schweinsvisage rot angestrahlt über sich sieht", hatte Riccardo gescherzt und Clara hatte sich vor Ekel gewunden.

Von draußen kam wieder so ein Grollen herein.

Wo blieb Riccardo?

Clara tastete sich am Schrank entlang zu den Fensterläden hin. Nach einigem Gerüttel und Gefummel in dieser Todesschwärze gelang es ihr schließlich, die Metallverschlüsse zu lösen.

Der Himmel war sternenklar, kein einziges Wölkchen darin, Gewitterwolken schon gar nicht. Die Milchstraße leuchtete in einer Pracht, die die Betrachterin erschauern ließ.

Wie sah der Sternenhimmel über Frankfurt aus? Sie konnte sich nicht erinnern, in den in der Nacht grell ausgeleuchteten Straßenschluchten je einen Stern gesehen zu haben.

Gab es überhaupt Natur in Frankfurt? Clara war noch nie Hand in Hand mit Riccardo durch einen Park geschlendert, hatte noch nie Frankfurter Gras unter ihren Füßen gespürt oder, wie daheim, auf einer Wiese einfach Blumen gepflückt. Nicht einmal diese bescheidenen Gänseblümchen, die es eigentlich überall gab. Dafür wuchsen aus dem Asphalt immer höhere Häuser empor, wie riesige eckige Spargel. Sie nahmen der Innenstadt das letzte bisschen Licht und erzeugten Luftwirbel, die einem an jeder Ecke unter die Kleider fahren konnten.

Liebten die Frankfurterinnen deshalb schwere Stoffe, schweren Schmuck, schwere Handtaschen und schwere Hüte, die auf ihren Köpfen saßen wie gusseiserne Töpfe? Accessoires, die sie in dieser Stadt, wo alles dem Himmel zustrebte, den man aber kaum noch sah, am Boden hielten. Diese Stadtgeschöpfe erdeten?

Für sie, die in Peron so nah unter den Wolken geboren worden war, gab es in Frankfurt nur zwei Dinge: das rot durchflutete Schlafzimmer und das Eis; schlafen, arbeiten, schlafen, arbeiten. So verging die schönste Zeit des Jahres, ohne Gras unter nackten Fußsohlen zu spüren, ohne Morgentau, den es in den Bergen immer gab, von Blumenkelchen lecken zu können, und ohne einen freien Tag. Keinen einzigen.

Das Taufkleid für ihr Kind hatte sie heimlich und im Laufschritt nach einer Auslieferung erworben. Sie hatte eine Eistorte, eine von Riccardos Spezialitäten mit

Limoncello und kandierten Orangen- und Zitronenscheiben, in ein Bürogebäude geliefert, da ein hohes Tier Vater geworden war, wie man ihr gesagt hatte. Riccardo hatte auf die Eistorte noch einen Klapperstorch aus einer dünnen Schicht Marzipan aufgelegt.

Kurz vor dem Bürohaus hatte sie dieses Taufkleid in einem Schaufenster entdeckt. Aus dem Augenwinkel einen Blick darauf erhascht, denn wer Eistorten liefert, dessen Füße müssen fliegen. Kein Problem für ein Mädchen aus den Bergen.

Dieses Kleidchen hatte sie auf die Idee gebracht. Damals hatte sie schon gewusst, dass sie schwanger war. Das Ausbleiben des Bluts, der süßlich riechende Urin, die Anfälle von Übelkeit, die sie mit viel Disziplin noch vor Riccardo geheim zu halten vermochte.

Er hatte sich nur gewundert, dass sie jetzt alle morgendlichen Botengänge und Auslieferungen übernahm. Spaziergänge an der frischen Luft, allein mit ihren Gedanken, ohne in der Eisdiele ein Sklave der Kundenwünsche und immer unter Beobachtung zu sein.

Mit dem Geld für das Eistortenwunder hatte sie dieses Taufkleid angezahlt. Weiß wäre neutral und wäre nicht nach Saisonende diese Koffertombola?

Bei der nächsten Eislieferung hatte sie den Rest beglichen. Von ihrem Trinkgeld. Das Geld für die Eistorte hatte sie in einem Umschlag in das Kassenbuch gelegt.

Riccardo hatte ihr schon unbequeme Fragen gestellt: Diese Bürohengste zahlen doch sonst immer sofort und man hat nichts dazugelegt für deinen langen Weg? Für jemanden aus den Bergen war es nicht leicht, diese Stadtmenschen zu durchschauen.

Ja, wie lebten diese Menschen, die das „Cortina“ frequentierten? Manche Stammgäste brachten Kollegen oder die Familie mit. Liebespaare befummelten sich unter den kleinen Bistro-Tischen, Freundinnen aßen ein Tartuffo mit vier Löffeln, da ihr Taschengeld nicht mehr erlaubte, Großmütter schleckten an der tropfenden Eistüte ihrer Enkel herum.

Noch nie hatte Clara jedoch das Zuhause eines ihrer Kunden betreten. Auch das Haus ihres Vermieters nicht.

Was für Bilder hatten diese Deutschen an den Wänden, welche Bücher lasen sie? Schliefen sie unter Wolldecken oder unter diesen schweren Federbetten, dick wie eine trächtige Kuh, worüber man in Italien so lachte? Hingen die unbefleckte Jungfrau Maria oder Jesus mit der Dornenkrone über dem Ehebett, so wie das in den Bergen üblich war? Oder dieser Goethe, von dem sie wie von einem Gott sprachen in ihrem breiten Dialekt?

Es gab diese Wand zwischen ihren Kunden und ihnen. Eine Wand, geschönt mit Graffiti aus Freundlichkeit: „Schön, Sie zu sehen. Hübsche Kinder. Wie immer drei Kugeln Banane, heute vielleicht mit einer Kugel Schokolade für den Gatten?“

Doch eine Wand war eine Wand.

Die Deutschen ihrerseits waren bemüht. Manche lobten das Eis und machten Späße mit diesen dauerhaft gutgelaunten, exotischen Wesen, die sie bedienten und mit ihren schneeweißen Schürzen hinter der Eistheke hervorleuchteten. Man hätte sie jedoch nie zu sich nach Hause eingeladen. Die Idee kam ihnen gar nicht.

„Fressen die Spaghetti-Fresser jeden Tag Spaghetti?“, hatte ein Kind einmal seine Großmutter gefragt und das halbe „Cortina“ hatte gelacht.

Die deutsche Kundschaft konnte auch grob sein.

Zu Clara drangen Stimmen aus den Gassen von Pirago hinauf, hinter einigen Fenstern schimmerte Licht. Jemand piff ein Lied, klang das nicht wie dieses ‚Il Ribelle' von diesem Adriano Celentano? Er wurde jetzt auch in Deutschland populär. Es konnte noch nicht sehr spät sein. War dieses Fußballspiel noch nicht vorbei?

Tagsüber war der Ausblick aus dem Schlafzimmer erhaben. Man sah das tiefer gelegene Longarone und das ganze Piavetal wie von einem Palastbalkon, obwohl sie gar keinen Balkon hatten. Nur zwei kleine Zimmer und eine fensterlose Küche mit Kaltwasser, tief in den Berg hineingeschlagen.

Ihr kleines Reich hatte jedoch ein großes Bett. Ihr Liebesparadies, ohne dass eine Schwiegermutter an der Schlafzimmertür lauschte oder ein jüngerer Bruder durch das Schlüsselloch spähte.

Noch ein paar gute Jahre im Eis, dann könnten sie ein eigenes Häuschen angehen. Riccardo bestand auf Longarone, sie auf Peron. Vielleicht könnte man sich auf Pirago einigen. Auf Longarone keinesfalls, dann stünde die Bergziege täglich auf ihrer Schwelle.

Schwanger war Clara in Frankfurt geworden, während der Hauptsaison, so Anfang Juli muss das gewesen sein, um den Beginn der Sommerferien herum. Da waren sie abends, nach dem Abschließen der Eisdiele und dem Kassemachen, immer todmüde ins Bett gefallen. Da die Putzfrau erkrankt gewesen war, hatte Clara das Lokal und die Eisküche noch feucht gewischt.

„Das alles verdanken wir dem roten Licht. Es erweckt Tote. Wir sollten unserem geizigen Vermieter danken", hatte Riccardo gescherzt, als sie vorhin auf dem Weg nach Pirago zum ersten Mal über die Schwangerschaft gesprochen hatten. Er freute sich auf das Kind.

Selbst dann war Riccardo um keinen Witz verlegen, obwohl er voller überschäumender Gefühle war.

Zuerst hatte sie sich in seinen Humor verliebt und in sein Lachen. Dann tanzte dieses Grübchen an seinem Kinn. Erst später war ihr aufgefallen, dass dieser Mann auch gut gewachsen war und einen knackigen Hintern hatte.

Die Blicke der weiblichen Kundschaft verrieten ihr das tagtäglich neu, so wie viele Männer Clara mit den Augen vernaschten und weniger das von ihr servierte Eis.

„Solche Männer haben wir hier nicht. Diese Glut des Südens“, hatte eine Kundin geschwärmt, sofern sie diese richtig verstanden hatte, denn dieses Hessisch hatte seine Tücken.

Glut des Südens? Diese Närrin, diese Klischees, wo sie doch Menschen aus den Bergen waren. Alle Gelatieri, die sie kannte, kamen aus dem steilen Cadore-, aus dem Zoldo- oder aus dem Piave-Tal.

Sie hatten diese Kundin „Glut des Bananen-Splits“ getauft. Ganz nach ihrer Leidenschaft, mit der sie jeden Samstagnachmittag diese Eiskreation verschlang.

Ja, wo war Riccardo?

Clara ließ sich wieder auf ihr Bett sinken, die Hände im Nacken verschränkt.

Vom Kopfteil des Bettes aus erblickte sie einen Streifen Sterne, er schimmerte wie ein Brillanten-Collier am schwarzen Leib der Nacht. Ein immer noch mildes Lüftchen trug den Geruch von Lavendel herein.

Schön wäre es, jetzt so hineinzudämmern in diese magische Nacht.

Wäre da nicht dieser Durst. Durst nach dem Wasser der Berge.

Es schmeckte nach den Höhlen und Schluchten, aus denen es eiskalt hervorsprudelt oder hinabdonnert, nach Mineralien und nach Quarzadern, die die Dolomiten durchzogen wie Goldfäden ein Festgewand. Nach Amethyst, Rosen- und Rauchquarz und nach glitzernd weißem Bergkristall. Zumindest, wenn man sich das einbildete. Clara, die noch höher aus den Bergen kam als Riccardo, hatte als Kind öfters Kristalle und Drusen entdeckt. Auch diese schmutzig braunen Oktaeder aus Granat, die erst rötlich leuchteten, wenn man sie angeschliffen hatte und mit Wasser übergoss.

„Trinkt ihr in Longarone das Wasser aus dem Stausee?", hatte sie Giuseppe bei einem Ausflug an die Staumauer gefragt. Kurz vor ihrer Hochzeit im Januar war dies gewesen. Riccardo hatte seine Mutter nach Belluno zu einem Arzt begleitet.

„Kind, wo denkst du hin? Wir trinken Quellwasser von der anderen Talseite. Die SADE ist ein gieriger Energieriese. Sie beansprucht jeden Tropfen aus dem Vajont-See. Mit diesem einbetonierten, todtraurigen Wasser wird der Strom für Venedig erzeugt. Damit die Serenissima ihre Festsäle ausleuchten kann", hatte ihr zukünftiger Schwiegervater geantwortet und seine Mütze vom Kopf gerissen und in seinen großen Händen geknetet.

„Stolze 261 Meter ist er hoch, der größte Bogenstaudamm der Welt. Die Welt beneidet uns darum", dies hatte Clara im *Gazzettino* gelesen und nun im Wortlaut zitiert.

„Schau dieses Monster doch an, es sieht aus, als hätten sie den Himmel zubetoniert. Es ruiniert die Blickachse von Longarone nach Osten. Mein Blick prallt zurück an so viel Hässlichkeit“, hatte Giuseppe gesagt und seine Mütze gewrungen wie ein Waschweib ein Wäschestück.

Vor der Einweihung des Staudammes vor vier Jahren hätte er manchen Bock im idyllischen Vajont-Tal geschossen, so etwas mache ein Mann aus dem Holz. Doch seit das Tal vom Lärm der Baumaschinen erschüttert und dann geflutet worden sei, wäre alles Wild verschwunden, wie wenn es den Zorn der Berge fürchte, hatte er angefügt.

„Alle sind von der SADE gekauft. Bis auf die, die dort keine Arbeit erhalten, und solche, die von der SADE und ihren Handlangern im Ministerium enteignet und umgesiedelt worden sind“, hatte Giuseppe noch getönt und seine Erregung weiter in den Wollstoff seiner Mütze hineingeknetet.

Dies hätte er bei der Eröffnung der Eismesse in Longarone auch zu einem Stadtrat gesagt, denn das Thema spalte das ganze Piave-Tal schlimmer noch als das Geplänkel zwischen jenen im Holz und jenen im Eis.

Kurz darauf hätte er einen Brief von der SADE erhalten, er möge solche Äußerungen in Zukunft bitte unterlassen, da man sonst einen Anwalt konsultieren müsse, was natürlich sehr bedauerlich wäre.

„Wenn du aus dem Norden zurückkommst, hat es uns vielleicht schon bis in die Lagune geschwemmt. Dann bahren sie uns im Markusdom auf und amerikanische Touristen fotografieren unsere Särge“, hatte er auf dem

Rückweg noch gesagt. Dann hatte er seine nun völlig zerknitterte Mütze tief ins Gesicht gezogen und war verstummt.

Venedig nahm unser Holz für seine Paläste, Theater und Galeeren. Jetzt trinkt es unser Blut. Dabei verschweige man die Gefahr, die dieser Gewaltakt für die Natur und die Menschen im Oberen Veneto bedeutet, hatte eine Tina Merlin nach diesem denkwürdigen Ausflug in der Zeitung *L'Unità* geschrieben.

„Dem einzigen Blatt, dem ich noch glaube, selbst wenn es Kommunisten sind. Die SADE hat die Merlin vor Gericht gestellt. Konnte sie aber nicht mundtot machen", hatte Giuseppe dies kommentiert.

Clara hatte all dies Riccardo nie erzählt. Dieser Staudamm hatte in ihrem Leben keinen Platz. Warum auch? Sie kam aus Peron.

Wieso ging ihr dieser Unsinn jetzt überhaupt durch den Kopf?

Und wo war Riccardo?

Er hatte versprochen, „die kleine Mama sofort zu bedienen".

Da hatte er seine Finger noch unter ihrem Unterrock gehabt. Typisch.

Ihnen war zu spät eingefallen, dass sie in Pirago gar kein Nachtzeug hatten. Sie waren ja erst kurz vor der Eissaison umgezogen.

„Wenn du bei deiner Mutter wohnen bleiben willst, kannst du sie ja heiraten", hatte Clara vor der Trauung gedroht. Daraufhin hatte Riccardo dieses Liebesnest gefunden.

Nun lag sie in diesem Bett, fast so groß wie die ganze Wohnung. Ihr Nachthemd und Riccardos Pyjama schliefen anderswo.

Lagen in der Hochzeitstruhe ihrer Schwiegermutter mit all dem, was die Gelatieri in „Fremdarbeit“, wie die Deutschen dies nannten, herbeigeschafft hatten.

Ihre zur Materie gewordenen Hoffnungen, geordnet in Münzen und Scheine, je nach Währung, ihre Beschwichtigungsgeschenke für ihr Herumkommen in der Welt. Und dies, obwohl sie von der Welt kaum mehr sahen, als kalte Eisküchen und die gierigen Mäuler ihrer Kunden.

Nun hatte ihre Schwiegermutter in dieser Inszenierung aus Eitelkeit und Raffgier alles an sich gerissen. Eine raffinierte Herrscherin. Riccardo und sie besaßen nur noch das, was sie auf dem Leib getragen hatten. Zumindest bis morgen früh.

„Riccardo?“

Roch sie etwa Zigarettenrauch?

Bei ihrem Spaziergang hatte er doch gesagt, ja, geschworen, er würde das Rauchen aufgeben. Für sein Kind.

„Verdammt, Riiiiiiccardo!“

Seine Belohnung könne er vergessen. Jegliche Zärtlichkeit, das war klar. Sie tapste durch den Gang in Richtung Küche. Der kühle Steinboden fühlte sich gut an unter ihren nackten Füßen. Alles Kühle tat gut, wenn man so durstig war.

Riccardo saß am Küchentisch im milden Schein einer Wachskerze, ein Transistorradio, kaum größer als seine Handfläche, an sein Ohr gepresst. Daraus Geräusche, die eindeutig klangen. Die Fußballübertragung lief.

Ein Kommentator rief „5:0 – eine Sensation, die Gäste werden geschlachtet, Puskás bombt die Schotten vom Feld!“, untermalt von Jubel.

Eine dampfende Zigarette klebte in Riccardos Mundwinkel.

Er hatte Clara nicht bemerkt, obwohl sie die Küchentür hinter sich schloss. Der Rauch sollte nicht noch das Schlafzimmer verpesten.

Sie würde schimpfen müssen. Doch es kamen keine Schimpftiraden aus Claras Mund.

Wie gut er doch aussah, ihr Riccardo. Wie dieser James Dean, mit seinen zerwühlten vollen Haaren, seinem nackten Oberkörper und diesem verwegen vorgewölbten Kippenmund.

Er hatte die Augen geschlossen, war mittendrin in diesem Spiel.

Saß im Santiago Bernabéu Stadion in Madrid und sah die Schotten leiden. Sie waren womöglich immer einen Schritt langsamer als ihre Gastgeber und immer hatte ein Spanier bei einer Torchance sein Bein dazwischen gehabt.

Oder war Riccardo in Gedanken bei Giuseppe? Der würde sich fühlen wie ein geprügelter Hund. Unterdessen würde der fette Dobertini triumphieren. Das „Dopolavoro“ würde der zusammenbrüllen und später dann ganz Longarone auf dem Heimweg von seinem großen Spiel.

Doch sie würde Riccardo zurechtweisen müssen.

Ihn laut ausschimpfen sogar, damit er wüsste, was einem blüht, wenn man eine durstige Mama warten lässt und sie und das Ungeborene mit Rauch verpestet, obwohl man dem Laster erst abgeschworen hatte.

Ihre weißen Hände flogen auf wie Tauben, sollten wild herumflattern in der rauchigen Luft. Doch ihre Hände wollten sich nicht wichtig machen, wollten nicht dramatisch gestikulieren.

Sie wollten zu ihm.

Wollten zart seinen Hals berühren, daran hinabgleiten zu seiner weichen Halsbeuge hin. Wollten dort pausieren, es verzögern, dieses wachsende Verlangen, voller Vorfreude auf Riccardos nackte Brust. Wollten seine männlichen Konturen ertasten. Mit den Innenflächen und mit den Handrücken diesen perfekten Torso lesen. Ihn genießen. Dann gäbe es auf seinen Brustwarzen ein Fingerkuppenfest.

Überhaupt, wer schimpft schon gern bei Kerzenschein? Noch dazu einen Mann, den man begehrt mit jeder Faser. Je mehr sie ihn wollte, desto weniger verstand sie ihren Groll.

„Wäre es das letzte gewesen, das ich gesehen und gefühlt hätte, es hätte für die Ewigkeit gereicht", würde Clara fünfzig Jahre später sagen.

Eine junge Frau stand in einer halbdunklen und verrauchten Küche, barfuß, durstig, schwanger und wütend und wusste doch, dass sie den Mann, der sie nicht einmal bemerkt hatte, der ganz bei sich war, aber weit weg von ihr, für immer lieben würde.

Auch wenn er gerade diesem Fußballgott huldigte und sie diesen Sport hasste.

„Je größer dein Verlangen, um so unbegreifbarer wird der Geliebte", hatte sie einmal in einem Liebesroman gelesen, dessen Autor sie vergessen hatte. Dieser Satz war ihr jedoch geblieben. Wohl auch, da sie ihn in ihr Adressbuch geschrieben hatte.

„Du Närrin“, hatte ihre Mutter gesagt, die ihn auf der Suche nach einer Adresse gelesen hatte.

„Du Närrin“, hatte sie auch gezetert, als sie Riccardo der Mutter vorgestellt hatte und er gegangen war.

„Aus einer schönen Schüssel frisst man nie allein. Der Kerl sieht zu gut aus, um dich glücklich zu machen. Dafür wirst du bezahlen“, hatte die Mutter gewarnt und sich bestätigt gefühlt, als er ihre Tochter in die Fremde mitgenommen hatte.

Doch kehren wir zu jener Nacht zurück, zur jungen Clara in ihrem verliebten Zorn.

Sie würde das Licht anknipsen. Anknipsen müssen. Die Neonröhre war wie geschaffen für ihr Strafgericht.

Clara drehte den Lichtschalter herum. Es passierte nichts. Zeitgleich verstummte das Radio.

Riccardo öffnete die Augen. Der Honiglichtmann wirkte verstimmt.

„Clara, steck den Stecker wieder rein! Sei nicht blöd, nur weil du Fußball nicht magst“, raunzte er.

Besann sich.

„Verdammt, ich hab dein Wasser vergessen, kleine Mama“, kam es mit einem Schwall Rauch aus seinem Mund. „Das mit dem Stecker ist die Strafe?“ Er grinste verlegen, immer noch mit dem stummen Radio am Ohr.

„Ich habe das Ding nicht berührt“, sagte sie.

Es grollte von außen in die Küche hinein.

„Nach dem Donner kommt mein Strafgericht“, hörte Clara sich dann noch sagen, mal wieder einen Tick zu freundlich. Es war so schwer, ernst zu bleiben bei diesem prächtigen Mann.

„Negra, das ist kein Unwetter", sagte Riccardo und nahm mit einem seltsamen Blick in den Augen die Kippe aus dem Mund.

Longarone, 9. Oktober 1963, 22.39 Uhr

Maria Filippin hatte ein sündiges Hobby. Zumindest wenn es nach den Barmherzigen Schwestern aus dem Waisenhaus von Longarone ging:

Sie liebte Fußball und sie liebte dieses Spiel so sehr, dass sie vergaß, dass sie ein Mädchen war.

Eine junge Dame mit derart rowdyhaften Interessen müsse über glühende Kohlen gehen und würde von Dämonen mit spitzen Stangen gepeinigt, dies hatte die Schwester Oberin zwar nicht gesagt, aber seufzend auf ein Bild in der Kapelle verwiesen, wo genau dies zu sehen war.

Doch Maria Filippin war nicht die Art Mädchen, das sich leicht erschrecken lässt. Nachlässig gemalte Teufel mit Krallenfüßen und Augen an bürzelartigen Federärschen erschrecken keine sommersprossige Rothaarige aus den Bergen, die Spott gewohnt war. Die für ihre Leidenschaft noch Schlimmeres ertrug. Die früh gelernt hatte, nicht zu weinen, wenn der Vater zuschlug.

Dabei half ihr die Vorstellung, dass sie den Kopf ihres Peinigers wie einen Kohlkopf mit etwas Anlauf in den alten Melkeimer schoss.

Und fühlte sich ihr Körper nach den Züchtigungen nicht nach Muskelkater an? Mit etwas Sportsgeist ließ sich dies aushalten. Jeder Kicker litt doch Schmerzen nach einem großen Spiel.

Für das Rückspiel im Europacup der Landesmeister wäre Maria durch die Hölle gegangen. Barfuß. An den Vater verschwendete sie kaum einen Gedanken. Würde er davon erfahren und sie züchtigen, flöge sein Kohlkopf einmal mehr in den Blecheimer. Mit Geschepper, dem Lärm ihrer erdachten Hinrichtungen. Ganz ausgebeult war der von ihren Treffern, geschossen mit rechts und mit links.

Am Nachmittag des 9. Oktober zog es Maria aus dem Örtchen Casso im Vajont-Tal nach Longarone hinab. Eine Wallfahrt für ein Mädchen mit ihren Neigungen, denn mit sehr viel Glück sähe sie dort die Spielübertragung.

Irgendwie käme sie nach diesem Fußballfest in der Nacht auch wieder die steilen Serpentinen nach Casso hinauf. Per Autostopp vielleicht?

Würde die Schwester Oberin erfahren, was sie da trieb, müsste sie dies mit vielen Ave-Marias, nicht unter einer Woche Toiletten-Spaß, so nannte man das Säubern der stinkenden Latrine, schlimmstenfalls mit einem Schulverweis büßen.

War der liebe Gott wirklich so ein Spielverderber, der keinen Fußball und schon gar keine Fußballspielerinnen duldete? Dabei konnte er doch gar nichts gegen diese Sportart haben, so himmlisch wie diese Spanier spielten, da war Maria überzeugt.

Wie immer hing es an Gottes Personal: an einem vom Leben gebeugten Vater, der der Tochter ihre exotische Leidenschaft missgönnte, an weltfremden Damen, die es nicht ertrugen, wenn Männer in sehr kurzen Hosen über ein Spielfeld rannten, auf den Boden spuckten und ab und an, zumindest bei Strafstößen, ihre Hände auf ihrer Männlichkeit platzierten. Natürlich nur zum Schutz, doch was verstanden Nonnen schon davon?

Es war ja nicht so, dass die Barmherzigen Schwestern im Waisenhaus schlechte Arbeit machten. Keineswegs.

Auch ihre Hauswirtschaftskurse für externe Mädchen, solche wie Maria, mochten nützlich sein. Zumindest für jene, die auf eine baldige Ehe hoffend gerne Deko-Rosen aus Radieschen und Mohrrüben schnitzten und ihre Aussteuer mit Kreuzstichen und Herzmotiven umstickten. Selbst wenn sie sich die Fingerkuppen dabei zerstachen.

Doch Maria Filippin wollte keine Frauendressur und keine Fleißbildchen mit blutigen Märtyrer-Motiven.

Maria wollte Fußball!

Und sie wollte fort aus Casso, das wie ein Schwalbennest an einem Steilhang klebte. Enge Gassen, seit Menschengedenken baufällige Steinmauern und windschiefe Dächer, mit Steinplatten gedeckt. Die Häuser und die Berge, grau in grau. Erst recht im Winter, wenn ihre Talseite am Monte Pul für Wochen kein einziger Sonnenstrahl erreichte und sie das Vieh den Monte Toc hinauftreiben mussten.

Manche Familien im Ort besaßen zwei Wohnhäuser, nicht etwa aus Reichtum, nein, aus bitterer Notwendigkeit. Eines für den Sommer auf grünen Matten und eines für den Winter auf der Sonnenseite, denn ein Winter im Schatten ging an die Substanz. Bei Mensch und Tier.

In Longarone schimpfte man sie „die Vergessenen", was auf Erto noch viel mehr zutraf. Es lag tiefer im Vajont-Tal und dort sprach man ladinisch, während in Casso, dem letzten Dorf des Friauls an der Grenze zu Venetien, zumindest venezianisch gesprochen wurde. Selbst wenn die wenigen Venezianer, die sich in ihre Einsamkeit verirrten, lachten, wenn sie nur den Mund aufmachten. Reiche Wochenendjäger. Snobs.

Erst der Bau des Staudammes hatte die Vergessenen aus ihrem Dornröschenschlaf geweckt.

„Herausgerissen", wie die Alten meinten. Die Ewiggestrigen, die das 20. Jahrhundert verschliefen. Bergtrolle, die Steinschindeln aus Schiefer klopften und nach jedem Regenguss die Erde, die von ihren Äckern geschwemmt worden war, in Körben wieder hinauftrugen. Unermüdlich. Eine Arbeit, die Sisyphus erbarmt hätte.

Der Staudamm hatte Arbeit ins Tal gebracht! Arbeit mit Zukunft. Was gab es denn außer dürren Viechern, Feldern, kaum größer wie Bettlaken, dem Erdeschleppen und dem Wald? Marias Vater hatte die Schufterei niedergedrückt wie eine windschiefe Föhre, nun humpelte er mit seinem Gehstock ins Holz. Zum Schlagen, auch zum Schlagen seiner Tochter, fehlte ihm schon fast die Kraft.

Maria Filippin wollte in eine Stadt. Nicht etwa nach Belluno. Pah. Nein, eine Metropole musste es sein. Dorthin, wo eine Frau guten Gewissens ein Fußball-Stadion betreten könnte. Den grünen Rasen sogar. Nach London oder nach Frankfurt.

Im Radio hatte sie gehört, in Großbritannien gäbe es schon Frauen-Fußballteams, die „British Ladies", wie sie sich nannten.

Auch im deutschen Frankfurt existiere ein Verein. Selbst wenn die deutschen Pionierinnen noch gegen Männer antreten müssten, da ihnen die Gegnerinnen fehlten.

Daraufhin hatte der Vater ihr wütend die Batterien aus dem Radio herausgerissen. Erst der Staudamm hatte Strom in das Tal der Vergessenen gebracht.

Schon als Kind hatte Maria im Kürbisfeld ihrer Großmutter Melina die morsche Ausschussware nicht etwa an den Kompost getragen, sondern mit nackten Füßen dorthin gekickt.

Einmal war ihr ein Elfmeter aus der zweiten Reihe gelungen. Eine Granate, ein Sonntagsschuss.

Dabei war die Fensterscheibe der Küche zu Bruch gegangen und ihre Großmutter hatte sich bekreuzigt, als Vaters Haselrute über Marias nackte Haut gezischt war. Typisch für einen Mann aus dem Holz.

Jeder Fußballer bringt Opfer, hatte sie schon damals gewusst und sich wegen der Striemen nicht geschämt. Sie waren lange sichtbar gewesen an ihren Beinen, den Armen und am Hals, denn sie hatte sich gewehrt.

„Mädchen, die Fußball spielen, haben einen starken Willen. Sie bringt es einmal weit", hatte die Großmutter den Züchtiger ermahnt.

Sie hatte der Enkelin dann alte Lumpen geschenkt, die diese mit Wollfäden zu einer Art Fußball verknotete, und hatte sogar applaudiert, als Maria im Hinterhof die Holzwand des Ziegenstalles damit beballerte. Wo sonst konnte das Kind spielen in diesem engen und unebenen Kaff?

Mit Kreide hatte Maria sich ein Tor aufgemalt, das ihr Vater mit viel Wasser abwusch und sie mit Tonscherben wieder erneuerte. Mit einem Brett als Lineal tief in den Stadel eingeritzt. Ihr Torraum sollte klare Maße haben für all die Turniere, die sie noch spielen wollte in ihrem Kopf. Gegen Gegner wie Juventus Turin oder Lazio Rom, die sie durch Kopfbälle oder trickreiche Schüsse aus der Hüfte besiegte.

Erneut hatte sie Prügel geerntet, diesmal mit Vaters Gehstock.

„Maria soll nicht kicken, ganz Casso lacht über uns. Sie soll heiraten!“, hatte Enrico Filippin wütend bestimmt, obwohl sie eigentlich noch zu jung war.

„Aber keinen Holzkopf wie dich“, hatte Großmutter Melina gesagt und mit ihrem Sohn kein Wort mehr gewechselt, bis zu ihrem Tod.

Der ließ nicht lange auf sich warten. Nur einige Tage nach dem Streit war die Großmutter im Stall ausgerutscht und hatte sich das Genick an der Futterkrippe gebrochen.

Maria wollte Casso nun umso schneller verlassen, jetzt, wo sie ohne Fürsprecherin war, denn ihre Mutter Rosa stellte sich dem Vater nicht in den Weg. Sie wollte zwar, dass der Tochter alles gelang, aber sie durfte es nicht sagen.

Dies war ein Zeichen, dass ein Frauenleben im Tal der Vergessenen damit enden konnte, dass man mit dem Gesicht in der Scheiße lag, dachte Maria bei sich.

Zähneknirschend hatte die Mutter das Mädchen dann bei den Barmherzigen Schwestern angemeldet, denn jede Lira war knapp war. Enrico Filippin war halt nur noch ein Krüppel im Holz.

Doch eine Tochter mit einem Tortellini-Abschluss, wie sie in Longarone dazu sagten, war besser an einen Mann zu bringen und fand vielleicht sogar eine Anstellung in der Gastronomie.

Maria hatte sofort Arbeit gefunden. Am Staudamm.

Bei der SADE, der Società Adriatica di Elettricità, dem Monopolhalter für Stromerzeugung in ganz Norditalien. Dort half sie in der Kantine bei der Essensausgabe mit.

Es erfüllte sie mit Stolz, einen Teil ihres Schulgeldes selbst zu verdienen und dabei den „Staudamm-Helden“, deren Gesichter man aus den Zeitungen kannte, tagtäglich begegnen zu dürfen.

Maria verwöhnte diese Helden mit all dem Charme, den eine Fußball-Rebellin aus dem Tal der Vergessenen aufzubringen vermochte: „Buon giorno, Herr Dottore Gabelli, darf es noch ein Schöpfer Minestrone sein? Sie gibt klugen Männern noch mehr Energie."

Oder etwa: „Herr Ingenieur Brunello, noch etwas Panna Cotta? Heute ist sie der Küche besonders gut gelungen. Sie können es sich leisten, bei Ihrer Konstitution."

So wurde diese erfrischende Rothaarige aus dem Hinterland bei den Ingenieuren beliebt.

Maria liebte ihre neue Arbeit fast so sehr wie Fußball.

Am Staudamm arbeiteten Spezialisten aus ganz Italien. Die ließen ihre ausgelesenen Gazetten achtlos herumliegen, Blätter, die einen mehrseitigen Sportteil, ja sogar Sonderseiten über Fußball enthielten.

Einem jungen Ingenieur hatte Maria sich anvertraut, ihm ihre heimliche Leidenschaft verraten. Ingenieur Lorenzo hatte ihr daraufhin ein Buch über die Fußballweltmeisterschaft 1962 in Chile mitgebracht. Brasilien war Weltmeister geworden und dieser Mané Garrincha hatte vier Tore geschossen. Ein Fußballgott!

Vor dem Einschlafen hatte Maria in ihrer Kammer im Schein einer Gaslampe die Bilder aus Chile studiert. Strom gab es nur in der Küche und im Wohnzimmer.

„Was braucht die Strom, wo die bald heiratet und uns verlässt?", hatte der Vater gegenüber seiner Frau argumentiert.

Bald hatte Maria jedes Stadion, jeden Spieler und jeden Schiedsrichter dieser Weltmeisterschaft mit Namen gekannt. Ihre Stars und deren Ballkünste waren noch frisch.

Insbesondere Mané Garrincha, den sie nun jeden Abend mit dem flackernden Licht aus der Dunkelheit hervorholte wie ein Geistwesen. Das Bild, auf dem er den goldenen Weltmeisterpokal küsste, war ihr Lieblingsbild.

So hatte auch sie begonnen, ihr Idol vor dem Einschlafen zu küssen. Luftküsse. Vorsichtig, dass kein Speichelfaden mitging, denn sie würde das Buch zurückgeben müssen. Das brachte etwas Linderung, jetzt, wo sie zwischen Arbeit und Schule kaum noch zum Kicken kam.

Ihre heimliche Lektüre hatte nur einen Haken: Ingenieur Lorenzo wurde gockelig. Er fand das Mädchen, deren Sommersprossen groß wie Marienkäfer waren, begehrenswert.

Er wollte nun mit Maria ausgehen, obwohl er Frau und Kinder in Brescia hatte. Zumindest ging dies bei der Arbeit so herum.

Gäbe sie seinem Drängen nach und verlöre dabei ihre Ehre, wäre ihr Leben beendet. In Casso und bei den Barmherzigen Schwestern sowieso. Einen barmherzigen Gott für schwangere ledige Mädchen, noch dazu ledige Fußballerinnen, gab es den?

Es könnte ihr ergehen, wie einer Küchenhilfe, die sich von der Staumauer hatte stürzen wollen. Das Wachpersonal hatte die verzweifelte junge Frau nur mit Mühe zurückhalten können. Nun säße sie in einem Irrenhaus in Padua, schwanger. Zumindest wurde dies bei der SADE so erzählt.

Am 9. Oktober 1963 war Maria Filippin jedoch zu allem bereit. Zur Sünde, zur Lüge, zur Täuschung und was sonst noch nötig wäre, um sich ein paar Stunden im Paradies zu erschleichen.

Nur eine Sorge bedrückte sie, nicht so etwas Wolkiges wie ihr Seelenheil, dessen Bewertung sie den Barmherzigen Schwestern überließ.

Nein, ihre Angst bestand darin, nicht im „Dopolavoro“ Einlass zu finden. Flimmerte dort doch eines der wenigen Fernsehgeräte weit und breit. Und jeder Mann, der etwas von Fußball verstand und sich keine Flimmerkiste leisten konnte, würde das Spiel verfolgen wollen. Das waren die meisten hier im Holz. Für ein junges Ding aus den Bergen wäre da kein Platz.

Nur gut, dass Maria Filippin eine Notlösung hatte. Ein Mädchen aus Casso, das das schwere Joch der Frauen aus den Bergen abstreifen wollte, das dem Leben einen eigenen Sinn abzutrotzen gedachte, das eine Fußballkarriere anstrebte, hatte besser eine Notlösung parat.

„Dieser Ingenieur hat dich eingeladen, ein Staudammaffe mit einem eigenen Fernsehgerät? Das nennst du eine Notlösung?“ Ihre Freundin Aurora, die von Maria eingeweiht worden war, hatte sich ungläubig an die Stirn geschlagen.

„Der Preis wäre hoch“, hatte Maria geantwortet.

„Verlangt der reiche Kerl etwa Eintritt in sein Wohnzimmer?“, hatte Aurora gefragt und sich erneut mit der flachen Hand an die Stirn getippt.

„Keinen Eintritt. Einen Nachtisch. Der wäre ich! Hat er doch angedeutet, ich könne das Buch von der Weltmeisterschaft behalten, sofern ich mich erkenntlich zeige. So parlieren diese feinen Herren, während ein

Flegel aus Casso nur grunzt: halt die Klappe und zieh dich aus“, hatte sie gemeint.

„Für Fußball tust du doch alles, du rothaarige Hexe aus den Bergen“, hatte Aurora gelacht. Ihre Aufmunterung aber zurückgenommen, nachdem ihr Maria von der Frau des Ingenieurs und dessen Kindern berichtet hatte.

„Dann bleibt nur das ‚Dopolavoro‘“, hatte die Freundin eingesehen und zugleich selbst einen perfiden Plan ausgeheckt.

Nachdem Maria am Nachmittag des 9. Oktober den Ziegenstall ausgemistet und die Stangen im Hühnerstall mit der Wurzelbürste abgeschrubbt hatte, behielt sie ihre graue Stallkutte an. Alles andere hätte die Eltern stutzig gemacht. Sie spürte die Blicke ihres Vaters kalt im Nacken, der vom Küchenfenster aus alles überwachte.

„Du gehst noch weg? Ich hätte Arbeit für dich im Garten“, hatte die Mutter gemeint.

„Ich muss zu Aurora. Für die Textilprüfung lernen. Das mit dem Filzwalken und das mit den Seidenraupen ist kompliziert.“

So hatte die Mutter selbst die Grabegabel ergriffen, die den Boden lockert, ohne die Wurzel zu zerstören.

„Sie hat geahnt, dass ich lüge, und sie hat milde dazu gelächelt. Sie und Großmutter Melina wussten, wie eintönig das Leben für junge Frauen war. Mutter hatte auswandern wollen. Sich aber in einen Mann im Holz verliebt“, würde Maria Filippin fünfzig Jahre später über diesen Abschied sagen. Ein Abschied für immer.

Maria war davongeeilt. In diesem jämmerlichen Fetzen, von Kotspritzern der Hühner gesprenkelt. So hatte sie das nicht geplant.

Gegen sechs Uhr abends erreichte sie Rivalta, einen Vorort von Longarone. An einem ihrer Stallschuhe war die Sohle gebrochen. Sie hatte sie dann abgeschält und lief etwas unrund in den Ort hinein.

Schweißflecken unter ihren Achseln, an Bauch und Rücken zeichneten dunkle Schatten in den verblichenen Kuttenstoff. Sie glich einer abgekämpften Küchenmagd. Zu jung, um sich zu amüsieren, aber alt genug, um hart zu arbeiten. So lief das in den Bergen nun mal.

Keiner, der sie mitleidig beäugte, hätte das gehetzte, sommersprossige Kind für ein Wesen gehalten, das so viel riskierte, um für wenige Stunden Herrin seines eigenen Schicksals zu sein. Das sich aufladen wollte, mit heiliger Fußballenergie.

Ein Landei, das verrückt genug war, an diesem Abend und in diesem Aufzug in die beliebteste Bar der ganzen Gegend hineinkommen zu wollen.

Nun bewies Aurora ihr Talent. Die Freundinnen waren hinter einem alten Schuppen verabredet, der von der Landstraße, die durch Rivalta nach Longarone führte, nicht einsehbar war.

Aurora trug ein schlichtes Hauskleid und einen großen Leinensack auf dem Rücken.

„Jetzt erschrecken gleich zwei Vogelscheuchen die feine Gesellschaft in Longarone. Wir können zu einem Wettbewerb der Hässlichkeit gehen. Ins ‚Dopolavoro' eher nicht“, seufzte Maria und Aurora wusste nicht, ob sie sich Schweiß oder Tränen aus ihren Augen wischte.

„Wir werden Göttinnen sein", orakelte Aurora bedeutungsschwer und nestelte an der Schnur um den Leinensack herum.

Bald schon hing dessen Inhalt an Holunderbüschen, die den Schuppen umwuchsen.

An Ästen baumelten zwei Kleider, hochhackige Schuhe und diverse Seidenschals. Requisiten aus einer anderen Welt, die so aussahen, als hätte eine gute Fee sich dieser Aschenputtel erbarmt.

Nur, dass die edle Spenderin von ihrer Freigiebigkeit gar nichts wusste.

Aurora hatte diese Utensilien des Luxus aus der Wohnung einer wohlhabenden Tante entwendet, die in Abano Terme zur Badekur weilte. Auch Schminksachen, Haarschmuck und ein Duftwasser zauberte Aurora aus dem Leinensack.

Mit einer gewagten Garderobe, antoupierten Haaren, Lippenstift und dunkel umrandeten Augen könnten sie als 18-Jährige durchgehen. Aus bester Familie, so Auroras Plan.

„Meine Eltern sind für drei Tage zu der Tante gefahren, deren Klamotten du tragen wirst", lachte Aurora. „Also fällt es ihnen nicht auf, wenn ich ausgehe. Ich hab den Leinensack nur genommen, damit es kein Gerede in unserer Nachbarschaft gibt. So gehe ich immer Heu machen für meine Kaninchen", sagte sie grinsend.

Maria schälte sich blitzschnell aus ihrer Kutte, die Zeit drängte. Sprengte sich Wasser aus einer Sprudelflasche unter ihre Achseln und in ihr Gesicht, denn jetzt lachte und weinte sie zugleich.

Schon steckte sie in einem Tanzkleid, altrosa bis zur Taille, der plissierte Rock in ein strahlendes Weiß übergehend.

Noch nie hatte Maria etwas Derartiges gesehen, geschweige denn berührt. Der Stoff so fein und schillernd wie aus Schmetterlingsflügeln gemacht. Sie fühlte sich wie eine Statistin in einem Film, der im Tal der Vergessenen nie gespielt wird.

Hatte diese Jackie Kennedy nicht einmal so etwas getragen? Sie glaubte, dies in einer der Zeitungen gesehen zu haben, die sie auf ihrer Suche nach Fußballtoren täglich zerfledderte.

Das Jackie-Kennedy-Kleid saß am Busen schlecht. War dort üppig, wo die abgearbeitete Maria nichts vorzuweisen hatte.

„Fußballerinnen werden nicht wegen ihrer Dekolletés berühmt", stammelte sie unsicher.

Aurora hatte für alle Misslichkeiten der Haute Couture vorgesorgt. War unterdessen in einen gelben Sommernachtstraum geschlüpft. Kanariengelb, den Rock durch ein Petticoat aufgebauscht.

Einem aufgeplusterten Küken ähnlich, dachte Maria, schwieg aber, denn sie hätte mit der Freundin nicht tauschen wollen.

Zur Verkleinerung von Marias Ausschnitt straffte Aurora das Kleid am Rücken und am Ausschnitt mit Nadeln. Doch noch immer klaffte eine verräterische Lücke zwischen Marias keimenden Brüsten und dem ausgebuchteten Stoff.

Kurzerhand riss Aurora ein Schnäuztuch entzwei und stopfte die BH-Körbchen damit aus.

„Lass den Herrn Ingenieur nicht an deinen Busen", warnte Aurora.

„Nur, wenn er sich seine Nase putzen muss“, fügte Maria hinzu, was bei den Freundinnen einen Lachanfall auslöste.

„Egal, was du tust, es darf keine Flecken machen, sonst bin ich tot, wenn die Tante zurückkommt“, gluckste Aurora.

Kichernd malten sich die Mädchen verführerische Lippen und Augen ins Gesicht, türmten ihre langen Haare nach der neuesten Mode auf und rannten unter einer Wolke aus Parfüm hindurch. Auch federleichte Schals, farblich jeweils passen, legten sie über ihre nackten Schultern.

„Damit dein Brustbein nicht wie bei einem gerupften Hühnchen hervorsteht“, neckte Aurora und verknotete es vor Marias falschem Busen.

Ob ihre Kostümierung auffliegen würde in einer Welt, wo jeder fast jeden kannte? Hoffentlich wäre das große Spiel dann schon vorbei.

Nun war es so, dass Aurora keinen Deut auf dieses Gekicke gab. Sie empfand es als rüpelhaft, ja, stupide. 22 Kerle umlungerten einen einzigen Ball.

Viel lieber hätte sie eine Ballettübertragung aus der Mailänder Scala oder Springreiten verfolgt, was sie ihrer Freundin jedoch verschwieg.

Maria wäre enttäuscht gewesen. Abgrundtief. Hatte sie es im abgelegenen Casso doch schon schwer genug.

Andererseits bot dieses Spiel etwas, das auch Aurora interessierte: Fußball lockte Männer an wie eine Fuhre Mist die Fliegen.

Dabei war die Versuchung groß, mit dem Bus nach Belluno zu fahren. Dort lief „Hotel International“ mit

Elizabeth Taylor und Richard Burton. Der sollte auch in Longarone laufen, wäre das Lichtspieltheater nicht kürzlich abgebrannt.

Die Freundinnen entschieden sich jedoch für Fußball. Maria fraglos und Aurora dachte laut nach: „Was nützen mir die Katzenaugen von dieser Taylor und der Schwulst von diesem Burton, wenn man die wirklich guten Typen beim Fußball trifft? Heute beißt vielleicht ein reicher Gelatiere an oder ein feiner Herr Ingenieur", sagte sie.

„Ich nehme den Gelatiere. Einen aus Deutschland. Stell dir vor, dort gibt es Frauenfußball. Das kam zumindest im Radio", fiel ihr Maria aufgeregt ins Wort.

Dann hob sie den rosa Plisseerock ihres Kleides und trat mit einem Bein in die Luft. So, als ob sie einen Fußball abspielen würde. Wenig damenhaft.

„Überlass die Tore den Kerlen. Und überlass die Kerle mir", rief Aurora.

Die Freundinnen fielen sich in die Arme, berauscht von ihrem Mut zur Täuschung und voller Vorfreude auf die kommende Nacht.

Ihre erste Nacht als Komplizinnen in einem Spiel, wo man sich nahm, was man wollte. Dieses neue Spiel hieß Freiheit. Es prickelte am ganzen Körper bis in die Brustwarzen hinein.

Nun müssten sie noch in den Ort ihrer Sehnsucht hineinkommen. Würde ihre Verkleidung den Wirt des „Dopolavoro" täuschen? Sie tat es nicht.

Maria bewegte sich wie ein Storch in den neuen Schuhen, deren Größe ihr sogar annähernd passte. Ihre Berg- und Fußballerfüße hatten jedoch noch nie in Stöckelschuhen gesteckt.

„Das sind keine Füße, das sind Hufe. Und du läufst wie ein Maultier, dem man die Hufe schneiden muss", hatte Aurora ausgerufen, als sie die schwieligen und vernarbten Sohlen der Freundin sah.

Doch bei einer Torjägerin aus Casso war wenig zu machen. Zumindest war ihr Gesicht hübsch, auch ihre Brust glich jetzt einem weiblichen Busen.

Auf Aurora gestützt, erreichte Maria die Bar. Alfredo, der Wirt des „Dopolavoro", stand auf der Piazza Regina Margherita, breitbeinig, ein König auf dem Platz einer Königin und Statthalter eines Reiches, in das alle Einlass begehrten.

Dann kamen diese Mädchen angestöckelt. Er hatte sie schon länger beobachtet. Hübsche Mädchen, prächtig herausgeputzt, die sich jedoch wie Stallvieh bewegten, das man gerade von der Kette lässt. Die eine, eine Rothaarige, die hübschere von beiden in einem weißrosa Kleid, humpelte wie ein dreibeiniges Kalb.

Armselige Schauspielerinnen. Und wie sie rochen. Degoutant. Diese überschminkten Hühner könnten bestenfalls die Töchter eines Bauern sein. Eines reichen Bauern, wohlgemerkt.

Das wäre gut fürs Geschäft, dachte Alfredo, in seinem Gewerbe ein ausgebuffter Fuchs.

Die ganzen Jungbullen aus dem Holz würden um das Frischfleisch buhlen, würden Drinks spendieren, ja, ihr letztes Kleingeld verpulvern, denn wer zu blöde war, um ins Eis und in die Fremde zu gehen, war immer noch schlau genug, sich reich verheiraten zu wollen.

Waren die Kerle nur unter sich, schlossen sie haarsträubende Wetten ab und gerieten aneinander. Jeder

Bergtrottel gebärdete sich dabei wie ein Fußballprofi und die Trainer der Schotten und Spanier wären natürlich nur Laien. Da flogen schnell Fäuste. Man hatte ihm schon einmal sein halbes Sortiment an Likören und Grappa zerlegt.

Waren junge Frauen anwesend, die nach etwas aussahen, rutschte die Energie der Männer vom Schlagarm in den Geldbeutel und in ihren Hosenlatz.

Selbst ein Gelatiere nahm gern eine „gestopfte Bauernmaid“, wie sie dazu sagten, deren Aussteuer direkt in die Einrichtung einer Eisdiele floss.

„Je gestopfter die Braut, umso länger die Theke“, hatte Alfredo sagen hören.

Deshalb also neigte der stolze Alfredo vor dieser Kundschaft sein Haupt, was die jungen Dinger sichtbar erschreckte und bis hinter ihre parfümierten Öhrchen erröten ließ. Mehr noch, der „König von Longarone“ führte sie eigenhändig an einen zentralen Tisch.

„Wir werden Göttinnen sein, hab ich es nicht gesagt!“, flüsterte Aurora ihrer Freundin ins Ohr. Ihre Wangen glühten und sie spürte das Blut in ihren Schläfen pochen, als sie bemerkte, dass sie von allen Männern beobachtet wurden. Nein, angestarrt, völlig ungeniert.

Jetzt fühlte sie sich so, wie sie aussah, ein Osterküken in der Gesellschaft von Wölfen. Zu gerne hätten die ihren gelben Flaum zerrupft.

Maria Filippin aus dem Tal der Vergessenen hingegen war nun die Ruhe selbst. Sie war am Ziel ihrer Wünsche. Aufatmend stieg sie aus den hochhackigen Schuhen, ja, sie kickte die feine Ware achtlos unter den Tisch.

„Weg mit diesen Mordwerkzeugen“, sagte sie einen Tick zu laut, in einem Raum, in dem noch keine Geräusche aus dem Fernsehgerät kamen und alle Augen und Ohren auf diese jungen Paradiesvögel gerichtet waren.

Maria vermutete, dass sie und ihre nackten Füße jetzt Inhalt von Herrenwitzen waren.

Doch das störte sie nicht, wurde sie nicht auch in Casso von jedem Kerl angestarrt? Sie war an dem Ort, an dem sich das Fernsehgerät befand, es stand erhöht in einer Nische wie ein goldenes Kalb. Und?

„Wann beginnt endlich das Spiel?", rief Maria der Freundin zu.

Aurora hatte der allgemeinen Heiterkeit, die dies auslöste, nur ein scheues Lächeln entgegenzusetzen.

„Spiel die Unschuldige", zischte Aurora dann der Fußballnärrin zu.

„Die Unschuldige? Ich will Fußball sehen und Fußball spielen", antwortete Maria beherzt und erschrak, als das ganze „Dopolavoro" auflachte.

Zumindest wird dies ein heiterer Abend, dachte sie.

Alfredo brachte ein Getränk an ihren Tisch. Alfredo persönlich, Regent und sein eigener Obersthofmeister zugleich, der alles überwachte. Wenn überhaupt, dann bediente er nur besondere Gäste.

„Von dem Signore da drüben. Für die Fußballerin, hat er gesagt", er deutete in Richtung linke Wand.

„Ein Glas Bier?", fragte Maria ungläubig, die noch nie Bier getrunken hatte.

„Dort, wo der herkommt, trinken Frauen so etwas. Blonde Frauen trinken blondes Bier", lachte Alfredo und verschwand mit einer kapriziösen Drehung hinter den Tresen.

Maria musterte den Spender. Er war ihr zuvor schon aufgefallen, als er mit einer Gruppe Menschen wie ein

Keil in den überfüllten Gastraum hineingedrängt hatte. Mit den gleichen Leuten stand er jetzt noch zusammen. Auch zwei Frauen darunter, eine Ältere und eine ansehnliche Jüngere nebst einem auffallend dicken Mann, der einen Pullunder trug. Ein Wollpullunder bei dieser Hitze!

Ihr Bier-Charmeur hatte sich einen Platz an der Wand erarbeitet, damit alles in seinem Blickfeld lag. Auch sie.

Mitte zwanzig mochte er sein, ein schmaler, weltläufiger Typ, kein Muskelprotz wie diese Grobiane aus dem Holz, die sie durch ihre körperliche Präsenz und Blicke bedrängten.

Er war gut gekleidet. Eine Krawatte mit einem auffälligen Muster stach hervor. Maria versuchte es aus der Entfernung zu enträtseln. Waren dies Geldscheine? Das wäre neureich.

Männer dieser Machart – eloquent, modisch, von einer souveränen Arroganz – kannte Maria sonst nur unter den Ingenieuren.

Dieses Exemplar war auffallend blass, ja weißhalsig regelrecht. Das waren ihre Staudamm-Helden nicht. Sie verbrachten viel Zeit an der frischen Luft. Es gab Außentermine, Messungen, das Checken der Schleusen, das Fluten der Vorkammern und ständig fanden Besprechungen auf der Staumauer statt.

In seiner Freizeit kraxelte mancher Staudamm-Held sogar in den Bergen herum. Das kam jetzt in Mode.

Maria hatte ihre Favoriten genau studiert. Ingenieure waren drahtig, gebräunt, überheblich und mit ihren Gedanken ständig woanders.

Dieser Charmeur war ein Bleichgesicht. Ein Gelatiere, das sah selbst ein Mädchen aus den Bergen.

Einer, der im Norden sein Geld machte, wo blonde Frauen blondes Bier tranken, wenn Alfredo die Wahrheit gesagt hatte.

Vielleicht sogar Fußball spielten?

„Das wird mein Glückstag“, lachte Maria. Auroras rot geschminkter Mund lachte nicht zurück.

Dann prostete Maria dem Mann zu und nippte an dem Glas. Das Zeug schmeckte bitter, wobei sie es vermied, angewidert ihren Mund zu verziehen. Wenn Fußballer dies tranken, sollte dies auch ihr Getränk sein.

Der Unbekannte prostete zurück. Maria erhob erneut ihr Glas, nahm diesmal einen kräftigen Schluck, wobei sie mit der Nase in die Schaumkrone geriet.

„Du machst uns zum Gespött der Leute. Zieh die Schuhe wieder an und wisch dir den Schaum aus dem Gesicht. Unglaublich, dass der auf dich steht!“, sagte Aurora scharf.

„Lern Fußball spielen“, antwortete Maria seelenruhig. „Ich weiß ganz genau, dass du auf meinen Sport nichts gibst.“

„Deinen Sport? Ist das Sport, wenn man mit Stofflumpen auf Viehställe schießt und dafür verprügelt wird?“, schlug Aurora zurück.

Das saß, nun leerte Maria ihr Glas mit einem weiteren Schluck.

Unterdessen versprühte Aurora Debütantinnencharme. Ein Ober in einem weißen Jäckchen stellte ein Glas Wasser vor sie hin und deutete auf dessen Spender. Ein Kerl, breit wie eine Eiche und so wettergegerbt, dass es nur ein Mann aus dem Holz sein konnte.

Als Aurora enttäuscht, aber höflich an dem Wasserglas nippte, bekam sie einen Hustenanfall. Es war mit

Schnaps gefüllt. Der Spender und seine Freunde klopften sich auf ihre drallen Schenkel vor Lachen.

„Noch einen für die Signora mit den roten Haaren“, rief der Kerl.

„Ich bleibe beim Bier und bei meinem Kavalier“, winkte Maria ab und drehte dem Schnaps-Mann demonstrativ den Rücken zu. „Für solche Idioten hast du deine Tante beklaut, wir machen uns zum Narren und ich habe Blasen an den Füßen“, sagte sie zu Aurora.

Schon stellte der Ober zwei neue Getränke vor die Mädchen hin. Vorsichtig geworden, rochen sie daran, es war Limonade. Der Ober zeigte in die Richtung des Gelatiere. Er hob die Hand zum Gruß, machte aber keinerlei Anstalten, seine Leute zu verlassen.

„Das richtige Getränk, vom richtigen Kerl. Er traut sich nur nicht her zu uns“, sagte Maria und spürte, wie ihr Herz anfing, Fragen zu stellen: Wie heißt du? Hast du eine Freundin? Gefalle ich dir? Könnte ich dich lieben?

Sie spürte, wie die letzte Frage heiß und hell wurde und wie eine Fackel Stellen in ihrem Inneren ausleuchtete, die bisher dunkel gewesen waren. Sie hatte es zu Hause noch nie gehört: dieses Wort LIEBE.

Pah, wer braucht so etwas? Ich habe Fußball! Sogleich griff sie korrigierend ein in dieses Gefühl. Doch die in ihr umherzüngelnde Flamme ließ sich nicht so einfach löschen.

Alles, was Maria bisher so offensichtlich erschienen war wie ein Fußballtor, erschien jetzt in einem anderen Licht. Warf lange und merkwürdig verzerrte Schatten.

Vor wenigen Minuten noch hatte sie keinen anderen Wunsch gehegt, als den Anpfiff dieses Spieles zu hören. Nun wollte sie den Namen dieses Unbekannten erfahren, wollte seiner Stimme lauschen, wollte sich vielleicht sogar ein bisschen an ihm verbrennen. Erst dann sollte der Unparteiische das Spiel anpfeifen.

Plötzlich fühlte sich dieser Abend für Maria nicht nur nach Abenteuer, sondern auch nach Verheißung an.

Während das Mädchen aus den Bergen seine Gefühle sortierte, warf Aurora dem vermeintlichen Gelatiere eine Kusshand zu.

„Du gehst ran, dass es zum Schämen ist“, sagte Maria erschrocken und gleichermaßen verstimmt.

„Das wäre einer Fußballerin nicht eingefallen. Ich habe uns die Kleider besorgt. Der Kerl gehört mir“, erwiderte Aurora mit einem Lachen, das aussah, als hätte man es an ihren gepuderten Bäckchen mit Druckknöpfen festgemacht.

„Und wenn die Junge an seiner Seite seine Verlobte ist?“, machte Maria sich wichtig, um ihre Betroffenheit zu verbergen.

„Schau diese Nasen an, diese kleinen Knubbels an den Nasenspitzen, die gleichen Münder, die Weiber sind seine Mutter und seine Schwester. Glotze du deinen Fußball und überlasse mir das Flirten und das Feiern“, äffte Aurora.

Ein halbes Jahrhundert später würde Maria denken:

„In dieser Nacht spazierten das Glück und der Tod Hand in Hand. Als hätte der Himmel beschlossen, uns einen Festtag zu schenken, und mit Luzifer vereinbart, dass dies unser Abschiedsfest sei.“

Zwar suchte auch Maria immer wieder den Augenkontakt zu dem Unbekannten und ihr Herz stellte mit jedem Blick von ihm wieder diese unbequemen Fragen.

Der Anpfiff des Spieles brachte die Erlösung. Er warf Maria auf das zurück, was ihr Sicherheit gab, was sie stärker machte als all diese Mädchen bei den Barmherzigen Schwestern, die alberne Herzchen auf Bettwäsche und Nachthemden stickten in der Erwartung dieser seltsamen LIEBE: auf Fußball.

Nun begann das Spiel. Ihr Spiel.

Ihr erstes großes Turnier, das nicht nur aus einem Radio herausdröhnte und kein Tagtraum war. Leibhaftige Männer in sehr kurzen Hosen rannten über den Bildschirm von rechts nach links. Sexy und zum Sterben spannend.

Marias Hände zitterten, als sie ihre Limonade trank.

Zwar schlug ihr Herz mehr für die Spanier, aber wie jeder echte Fußballfreund wünschte sich ein ausgeglichenes Spiel mit vielen Torchancen auf beiden Seiten.

Der blasshalsige Unbekannte und dessen vermeintliche Familie schienen für die Glasgow Rangers zu brennen, schon bei der Nennung der schottischen Spielaufstellung hatten sie Beifall geklatscht.

Der dicke Mann im Pullunder hingegen hatte laut gebuht. In dieser Freundesclique waren die Vorlieben unterschiedlich verteilt.

Dann hatte Ferenc Puskás nach nur acht Minuten für Spanien ein Tor geschossen, in der 13. dann Evaristo, der früher bei Barça gespielt hatte, eine Torgranate. Unhaltbar.

Nun war die Stimmung im „Dopolavoro“ umgeschlagen. Es schien auf eine Vernichtung der Schotten hinauszulaufen: Den Gästen gelang nichts mehr, den Spaniern alles.

Das dritte Tor schoss wieder Puskás, der emigrierte Ungar, in der 25. Minute. In dem Moment stieß der Dicke im Pullunder im Jubel ein Weinglas um. Nur gut, dass die ältere Frau neben ihm ein rotes Kleid trug, denn darüber ergoss sich der Rotweinschwall. Es war die Mutter des Gelatiere – nach Auroras Theorie –, auch sie auffallend gut gekleidet, viel zu elegant für eine derartige Fußballschlacht.

Gut, auch ich bin herausgeputzt, mehr als mir lieb ist, dachte Maria. Doch ohne den Firlefanz stünde ich vor der Tür, wohingegen die Dame und ihr vermeintlicher Mann, er trug ein glänzendes Jackett, das um seinen Bauch spannte, Stammgäste zu sein schienen. Hatte ihnen nicht Alfredo zu irgendetwas gratuliert?

Sie waren jedoch keine wirklich feinen Leute, das verrieten ihre abgearbeiteten Hände und eher bäuerlichen Gesichter. Allenfalls Neureiche, die Eltern dieses Eismachers halt. Da mochte Aurora mit ihrer Prognose richtig liegen.

Um diese Zeit kehrten die Bleichgesichter wie Zugvögel in ihre Bergheimat zurück. Nicht umsonst wurde die Gegend hier „Täler der Eismacher" genannt. Nur die Kerle aus dem Tal der Vergessenen blieben beharrlich im Holz. Sie hielten sich vom Gewühle der modernen Welt fern.

Die vermeintliche Schwester des Gelatiere streute Salz auf das Kleid der vermeintlichen Mutter und rieb mit einer Serviette daran herum.

Der Gelatiere selbst schien das Interesse an dem Spiel zu verlieren und blinzelte auch Maria und Aurora nicht mehr abwechselnd zu.

Gleich mehrmals verschwand er auf der Piazza in einer Telefonzelle und kam immer griesgrämiger zurück.

„Deine angebliche Eroberung telefoniert sicher einer anderen hinterher, ich wette mit dir“, sagte Maria zu der Freundin, deren Miene schon vorher hatte erahnen lassen, dass dieser Fisch nicht so recht anbiss.

Unterdessen erreichte die Stimmung im „Dopolavoro“ einen Höhepunkt: Beim vierten Tor der Spanier, es gelang Gento, der für seine Schnelligkeit bekannt war, kurz vor der Pause, löste der Dicke im Pullunder den Gürtel von seiner Hose. Drehte sich für so einen Koloss erstaunlich schnell herum und streckte seinen Leuten den blanken Hintern hin. Ja, er tänzelte in gebückter Pose vor dem gut gekleideten Paar herum.

„Du hast das Kleid meiner Frau ruiniert. Jetzt ist es genug“, rief der Mann und seine große Pranke klatschte auf das entblößte weiße Fleisch, das schwabbelnd in Bewegung geriet.

Der Dicke wankte, aber er stürzte nicht.

„Das war schön. Schöner als deine Schotten spielen!“, rief er.

„Dobertini, geh nach Hause“, dröhnte Alfredo hinter seinem Tresen hervor.

„Küss’ meinen duftigen Hintern“, lachte der Dicke, was ihm jedoch schnell verging, da Alfredo hinter der Bar hervorschoss und ihm den Arm auf den Rücken drehte.

Er jaulte auf und musste unter erschwerten Bedingungen seinen Allerwertesten einpacken.

Dann schubste Alfredo den Störenfried auf die Straße.

Des Bildschirms beraubt, stieß der Dicke üble Beschimpfungen aus. Dabei waren sie fast noch ergötzlich, gemessen an seinem weiteren Auftritt.

Erneut fingerte er an seiner Hose herum, zog dann grinsend seinen Penis heraus und urinierte. Er richtete seinen Strahl so aus, dass er das große Schaufenster des „Dopolavoro“ benässte. Genau dort, wo Alfredo mit weißer Farbe „Heute großes Spiel für meine Fans“ hingeschrieben hatte.

Das „für meine Fans“ existierte bald nur noch in gelblichen Schlieren, die auf den Bordstein rannen.

Der traut sich was, dachte Maria bei sich, die von ihrem Platz aus diese bizarre Szene gut sah.

Der König des „Dopolavoro“ sah das natürlich ganz anders. Einige Männer hielten Alfredo fest, der mehrfach ausrief, er wolle diesen Kerl einen Kopf kürzer machen und er meine nicht diesen oberhalb seines Doppelkinns.

Die Stimme des Fußballkommentators verschwand in einem explosiven Erregungsgemisch zwischen offener Aggression, Prahlerei und Männerwitzen, die alle um das kreisten, was dieser Dobertini aus seiner Hose hervorgeholt hatte. „Dass er diesen Zahnstocher überhaupt gefunden hat ...“, so in diese Richtung.

Überhaupt schien in diesem Tumult keiner mehr an dem Spiel interessiert.

Für jemand, der Fußball wirklich liebte, war dies der Zeitpunkt zu gehen. Für jedes Mädchen, das etwas auf sich hielt, war der Zeitpunkt schon längst überschritten.

Marias Überlegung, das „Dopolavoro“ zu verlassen, erhielt eine besondere Dynamik, als Domenica Della Putta dort erschien.

Sie war eine Bekannte ihrer Mutter und als ausgesprochenes Tratschweib bekannt. Das mochte damit zusammenhängen, dass ihr Mann als Gelatiere in Stuttgart arbeitete und sie und die Kinder für ein gutes halbes Jahr zurückließ. Sie sollten zu guten Italienern heranwachsen.

So mochte ihr daheim die Ansprache fehlen. Dafür war Domenica Della Putta immer bestens gekleidet und trug Nylonstrümpfe so hauchdünn, dass man sie erst sah, wenn sie sie mit spitzen Fingern vorsichtig an einer Stelle von ihrer Haut löste.

Ja, Domenica zeigte gerne, was sie hatte, und ihr Mund stand nie still. Einmal hatte sie ihrer Mutter ein Paar Nylons geschenkt, die waren an den Zehen jedoch schon mehrfach und dazu noch miserabel gestopft. Der Faden war nicht hautfarben und viel zu dick. Wollfaden für Bauernstrümpfe, nicht für hauchdünne Nylons, was Domenicas Herkunft verriet. So etwas lernte man bei den Barmherzigen Schwestern.

Das Erscheinen der Strohwitwe bedeutete für Maria nun zweierlei:

Zunächst, dass deren Mann Giovanni noch im Eis war, sonst hätte sie an seiner Seite ein nagelneues Kleid spazieren geführt.

Und: Ihre Mutter würde bald wissen, wo die Tochter sich herumtrieb und in welch fragwürdiger Aufmachung.

„Ich hau ab", raunzte Maria der verdutzten Freundin zu und verschwand unter dem Tisch. Auf allen Vieren krabbelte sie bis zur Damentoilette und stellte dort fest, dass sie durch das kleine Fenster zum Hinterhof passte. Zu dumm, dass sich der Saum des Kleides am Fenstergriff verfing und der Länge nach einriss. Das Futter hing nun zerfetzt an ihren Beinen herab.

Würde ihre Freundschaft diesen Abend überdauern?

Um Domenica Della Puttas neugierigen Augen keine Nahrung zu bieten, schlich Maria um das „Dopolavoro“ herum und verlor sich in der Dunkelheit.

Sich auf den langen Weg nach Hause aufzumachen, daran war nicht zu denken. Nicht, so lange dieses Spiel noch lief. Ihr Spiel. Sie könnte es vor der zweiten Halbzeit noch zu einem anderen Fernsehgerät schaffen.

Schon hatte sie die barocke Treppe zum Palazzo Mazzolà erklommen. Bald würde sie auf die Straße nach Pirago gelangen. Sie kam gut voran ohne diese Mörderschuhe. Der Asphalt war noch warm unter ihren nackten Füßen. Während ihre Beine nur so dahinflogen unter dem gerafften Rock mit dem zerrissenen Saum, ersann Maria eine neue Lüge. Sie wollte diesen Abend der Verheißungen in ihrem Sinne zu Ende bringen.

Ein gestrenger Gott, der junge Mädchen, die etwas Spaß haben wollten, zu ewigen Qualen verurteilte, und ein prügelnder Vater würden sich gedulden müssen mit ihren Strafgerichten.

Vielleicht bin ich wirklich eine Hexe aus den Bergen, lachte sie in sich hinein.

Kaum hatte Maria die Anhöhe von Pirago erreicht, fand sie das Haus von Ingenieur Lorenzo dunkel. Das musste es sein, an der Eingangstür stand sein Name. Trotz heftigem Klingeln blieb sie verschlossen.

Der feine Herr lud mich ein, um dann nicht zu Hause zu sein? Hat meine Verspätung den Casanova etwa so erzürnt, dass er ausgegangen ist?

Hoffentlich kommt er, bevor das Spiel zu Ende geht! Die zweite Halbzeit hatte sicher schon begonnen. Würden die Schotten wirklich so jämmerlich untergehen? In Madrid, im Bernabéu Stadion, in der Höhle des Löwen?

All dies ging Maria durch den Kopf, als sie den Garten des Ingenieurs durchstreifte. Hätte sie vor der beleuchteten Einganstür herumlungern sollen?

Das Gras war vertrocknet und kitzelte ihre Zehen.

Maria wollte ihre Unruhe bezähmen, indem sie die Lichtkegel der Laternen von Longarone zählte; ein Donnern brachte sie aus dem Konzept. Waren es jetzt 25 oder 27?

Ein Gewitter und dies in ihrem Aufzug? Sie begann zu frösteln, gewaltige Windböen pfiffen von den Bergen. Immer lauter wurde dieses Brausen in der Luft.

Plötzlich spürte sie ein Rütteln unter ihre Fußsohlen, ein unterirdisches Grollen. Oder war es das Knurren eines riesigen Tieres, das sie in der Dunkelheit nicht sah. Es klang guttural und bösartig. Sie drehte ihren Kopf panisch in alle Richtungen, die Bedrohung fuhr ihr in alle Glieder, lähmte sie, es war aber nicht auszumachen, woher sie wirklich kam.

Dann ein ohrenbetäubender Knall, ein gewaltiger Blitz erleuchtete das ganze Tal. Sie hätte Zeitung lesen können, den Sportteil, so grell war der Himmel von diesem einen Blitz erhellt. Funken stoben wie Feuerwerk aus der Schlucht von Vajont herab.

Als ob dies irgendeinen Schutz brächte, schlang Maria ihre nackten Arme um ihren zitternden Leib.

Vom Licht geblendet und vom Lärm betäubt, sank sie hilflos in sich zusammen, als sie eine Stimme vernahm. Wie war das möglich?

Es war die Stimme ihrer Großmutter Melina, Maria erkannte sie sofort.

„Halte dich gut fest, Kleines“, sagte sie.

Es wurde schlagartig dunkel, auch Longarone blinkte nicht mehr im Tal.

Maria rieb sich die Augen, um sie schneller an die Dunkelheit zu gewöhnen. Sah im Licht eines halben Mondes die Großmutter an einen Baum gelehnt, dem einzigen Baum in diesem Garten.

Sie zog ihr schwarzes Kopftuch aus der Stirn. Die Großmutter hatte immer Kopftücher getragen, nie Hüte. Keine Frau in Casso trug Hüte, sie waren etwas für die Frauen aus der Stadt oder für Neureiche, Frauen wie Domenica Della Putta trugen sie.

Großmutter hat es nicht einmal im Himmel zu einem Hut gebracht, schoss es Maria durch den Kopf, dabei war ihr die Absurdität der Lage durchaus bewusst.

Sie war furchtlos jedoch, denn jetzt schenkte Großmutter Melina ihr dieses kleine Lächeln. Sie hatte es so vermisst. Ein schmales Lächeln, ein Grinsen eher, bei dem die Oberlippe nicht richtig mitging. So hatte sie auch im Leben gelächelt, da sie eine Zahnlücke im Oberkiefer hatte, die man dennoch erkennen konnte, sofern man darum wusste. Im Himmel hatte sie offensichtlich auch noch keine neuen Schneidezähne erhalten.

Sie winkte die Enkelin zu sich.

Ist sie gekommen, um mir beim Sterben zu helfen, oder will sie, dass ich lebe? Maria erschauerte.

Totaler Blödsinn, wie könnte sie an einem Tag sterben, der sich nach Verheißung angefühlt hatte, beruhigte sie sich. Zum ersten Mal nach Verheißung, nach großem Fußball und ein klein wenig nach LIEBE.

Maria rannte zu dem Trugbild hin und wollte die geliebte Person umarmen, als Wasser, wie eine Wolke, über sie kam, sie ganz einschloss. Dann hob eine riesige Welle sie hoch und warf sie in die Luft wie ein winziges Insekt. Sie strampelte und wehrte sich. Spürte schmerzhafte Schläge. Doch so leicht gab ein Mädchen aus den Bergen nicht auf. Maria bekam einen Ast zu fassen.

Das Wasser röchelte und schäumte. Es schmatzte und sabberte und zerrte an ihr herum. Ein riesiger Schlund voll kaltem Speichel, der sie verschlingen wollte.

Maria glaubte, ihre Kräfte würden versagen. Ihre Arme würden aus den Gelenken gerissen, all ihre Finger würden brechen.

„Kleines, du musst alles geben, um eine gute Fußballerin zu werden!“, sagte Großmutter Melina nur.

II.

Longarone, Pirago, 10. Oktober 1963

Bob Mosher aus Austin, Texas, glaubte im Morgenlicht eine Blüte zu sehen. Eine sehr große Blüte. Am Blütenkelch rosé und an den Rändern in ein wächsernes Weiß übergehend.

Mit Pflanzen kannte Bob sich aus, seine Mutter hatte die größte Gärtnerei der Südstaaten betrieben und er hatte neben der Highschool dort seinen ersten Flugschein verdient.

Diese Blüte musste eine Magnolie sein, sie erblühten an Ästen, noch bevor das erste grüne Blatt ihre porzellanartige Schönheit störte, Magnolien waren auch die Lieblingsblumen seiner Mutter gewesen, als sie noch lebte.

Diese Magnolie schmückte eine Eiche. Den einzigen Baum, der im ganzen Umkreis noch stand. Eine einsame Blüte auf einem einsamen Baum.

Doch Magnolien blühen nicht im Oktober und schon gar nicht auf Eichen, das wusste Bob natürlich.

So hoffte er, dass dieses Blüten-Ding kein Stoffballen war, der seine Augen täuschte oder etwa eine Dekor-Attrappe. Italiener hatten ja viel Sinn für Ästhetik und Kunst. War es ein Kunstwerk, das sich in dieser Baumkrone verfangen hatte?

Die Magnolie winkte. Das bedeutete Hoffnung in diesem schmutzigen Brei aus Schlamm, Wasserlachen, Geröll, geborstenen Baumstämmen, Möbel- und Gebäudetrümmern.

„Es sieht aus, als hätte ein riesiges Monster schlecht gegessen und die ganze Gegend zugekotzt", hatte Bob seinem Co-Pilot, Gerry Hilt, und seinen Beobachtern, Richard Riss und Glen Kettering, über Bordfunk gesagt. Zufällig alle drei Jungs aus Iowa. Gerry Hilt hatte der Blick aus dem Cockpit immer nur „Fucking shit" entlockt.

Kettering hingegen hatte Bobs Metapher aufgegriffen und „Menschenfresser-Monsterkotze" und „Bingo!" hinzugefügt.

Nein, dies war kein Ort zum Scherzen, nur der Versuch normal zu bleiben inmitten dieses Wahnsinns. Sie alle hatten die verdrehten und zerbrochenen Körper gesehen, tatsächlich wie von einem Zyklopen ausgespien.

Bob hatte vermieden, in Tiefflug zu gehen, so eine „Menschenfresser-Monsterkotze" ließ sich nicht aus dem Gedächtnis abwaschen. Das wusste er besser als diese milchbärtigen Bauernlümmel aus dem Corn-Belt. Er hatte schon in die Fratze des Krieges geblickt.

Doch jetzt zog Bob Mosher die Nase seines Sikorsky H-34 nach unten. Wollte näher an diese Eiche heran.

Die Magnolie hatte rötliche Haare und ein junges, aber totenblasses Gesicht. Erst später würde Bob begreifen, dass auch die Überlebenden so aussahen wie die Toten, denn das wilde Wasser, das sich über ihnen ausgetobt hatte, war extrem lehmhaltig gewesen.

Die Magnolien-Frau saß in einer Astgabel in gut zehn Metern Höhe, wie Bob schätzte. Wie war sie dort hinaufgekommen? Noch dazu in diesem Blütenkleid, dem man trotz der Verschmutzung die Raffinesse der Verarbeitung noch ansah? Sie klammerte sich mit beiden Händen fest. Selbst ihre nackten Füße hatte sie im Astwerk verkeilt.

Bob beschloss, die Frau sofort zu retten. Dabei war seine Mission nur als Aufklärungsflug gedacht. Er sollte der Bergungsleitstelle in Verona Meldung machen, dort war seine Einheit, die amerikanische Nato-Einheit für Südeuropa, stationiert.

Doch die junge Frau war das erste lebende Wesen, das er und seine Jungs heute sahen. Natürlich außer den Alpini, die mit langen Stöcken und ein paar Hunden diese Trümmerlandschaft durchkämmten.

„Diese Fußgänger bekommen dieses Mädel dort nie herunter", sagte er. „Auch wenn so hübsche lange Federn wie bei Robin Hood an ihren Filzhüten stecken."

Kettering sagte: „Bingo!"

Die Magnolien-Frau war sicher mit ihren Kräften völlig am Ende. Sie könnte aus dieser Höhe auf die scharfkantigen Trümmer stürzen, die sich um den Baumstamm herum aufgetürmt hatten, wie Eisschollen.

Das wäre ihr sicherer Tod. Doch diese Magnolien-Frau sollte leben!

Bob hatte heute schon zu viele Tote gesehen. Meist lagen sie in großen Haufen beieinander. Waren dies Familien oder Freundesclans?

Oder hat es dem Gott, der so etwas zuließ, etwa gefallen, wildfremde Menschen in derart grotesken Posen zu vereinen?

Arme ragten steil in den Himmel, wie zu einer Anklage, Beine sahen so aus, als ob sie für alle Ewigkeit fortrennen wollten vor dem Grauen, das ihnen nicht den Hauch einer Chance gelassen hatte.

Eine tote Frau hielt ein Kind umschlungen. Ein Mann ein Kopfkissen.

„Der kann sich ausschlafen, für immer“, raunzte Richard Riss über den Bordfunk, aber niemand lachte. Nur Kettering sagte „Bingo!“

Ein großer Hund war noch an einer Kette mit seiner Hundehütte verbunden. Dem Teil, der nicht zertrümmert worden war.

Der Tod war ein Zyniker.

Was Bob Mosher unter sich sah, war die Apokalypse, das war ein modernes Pompeji. Im *National Geographic* hatte er ähnliche Bilder gesehen. Menschen und Tiere, einzementiert in ihren Bewegungen, in ihrem Todeskampf. Bizarre Mahnmale der Vergänglichkeit.

Nur dies hier war keine Asche gewesen, dies war eine Todeswalze. Die Menschen, die noch als solche zu erkennen waren, waren jene, die die Flutwelle nur gestreift hatte. Die schönen Leichen.

Andere hatte die Todeswalze tief in die Erde gestampft, sie zermalmt, zertreten wie Ungeziefer, ihnen die Kleider oder die Nachthemden und Pyjamas vom Leib gerissen, manchen sogar die Haut.

Auch solche Leichen hatten Bob und seine Crew gesehen. Und Hilt hatte „Fucking shit“ dazu gesagt. Immer wieder „Fucking shit“. Sein unflätiges Mantra, um nicht in Tränen ausbrechen zu müssen. Er, der jüngste von allen, hatte dann aber doch fahrig mit dem Handrücken über seine pickeligen Wangen gewischt. „Fucking shit, wie die Sonne blendet“, hatte er abgelenkt und seine Ray-Ban tiefer auf die Nase gedrückt.

Der Lagebericht vorm Abflug war sehr vage gewesen. Man erreichte dieses Gebiet nur noch zu Fuß oder aus der Luft.

Doch schon in Belluno hatten sie das Ausmaß der Katastrophe erahnt. Der Piave, sonst eher ein Rinnsal, war zu einem Flussdelta angeschwollen. Im Anflug schimmerte er wie ein Juwel im ersten Licht und machte sich wichtig.

Eine trügerische Schönheit, denn bald sah man Menschen, Hunde, Pferde, Katzen, Rehe, Ziegen und ganze Kuhherden auf den glitzernden Wellen treiben. Alle tot. Die Strömung trug sie eilig fort, der Fluss schien seine Beute nicht mehr hergeben zu wollen. Schien sie bis ins ferne Meer spülen zu wollen. Sah Styx, der Totenfluss, so aus?, fragte sich Bob.

Bis 1953 war er in Korea gewesen und vor einem Jahr noch in Vietnam. Er und sein Sikorsky H-34 Choctaw waren zu einem perfekten Mensch-Maschine-System verschmolzen. Sie hatten manches Leben gerettet, aber auch manches Leben genommen, transportierten er und sein „fliegender Kübel", wie Bob die Choctaw nannte, doch alles: Gewehre, Granaten, Flammenwerfer, Luftlandetruppen, selbst Präsidenten.

Sein Einsatzleiter, Major Harvey Mayse, hatte in aller Herrgottsfrühe bestimmt: „Flieg du, Bob. Man kann das den jungen Piloten kaum zumuten. Sofern der erste Lagebericht der Alpini stimmt. Diese Italiener neigen zur Übertreibung."

Doch ein derart pompejisches Drama war auch für einen abgebrühten Hund nicht so leicht zu verkraften.

Und dann saß nun diese junge Frau auf einem Baum inmitten dieser Höllenlandschaft mit flammenden Haaren und bekleidet wie eine Fee.

„Wow! Die hol ich uns rauf! Bingo!", rief Kettering.

So kam es, dass Maria Filippin aus dem Tal der Vergessenen von einem jungen Kerl gerettet wurde, der aus einer Gegend kam, so flach wie ein Fußballfeld.

Er schwebte an einem Stahlseil zu ihr herab, wie der Engel der Verkündigung beim Krippenspiel von San Cristoforo zu Longarone im Advent.

Auch wenn das geweihte Haus „des Heiligen mit den ewig nassen Füßen“, wie Giuseppe Fontanella ihn genannt hatte, gar nicht mehr existierte.

Doch Maria machte es ihrem Retter nicht leicht. Der junge Ausguck Kettering baumelte länger als nötig zwischen Himmel und Erde, während Bob verkrampft die Mensch-Maschine ruhig hielt.

Konnte sie dieser zornigen Libelle über sich vertrauen, deren Rotorblätter wie Peitschenknaller die Luft durchschnitten?

Maria krallte sich noch tiefer in das Astwerk hinein, dem sie ihr Leben verdankte. Selbst als sich eine Spinne an einem Spinnfaden zu ihr herabließ, die sich dann als Mensch entpuppte. Ein Kerl rief ihr Dinge zu, die Maria nicht verstand. Wie sollte man etwas verstehen mit dieser Lärm-Libelle über sich?

So tat Maria Filippin aus dem Tal der Vergessenen das, was sie am besten konnte, sie ließ sich nicht beirren. Sie, die den Barmherzigen Schwestern, einem schlagwütigen Vater und einer Sintflut getrotzt hatte, ignorierte diesen wild gestikulierenden Mann, den sie nicht kannte, der aber seine Arme nach ihr ausstreckte.

Sie wandte sich ab und lauschte in sich hinein. So lange, bis sie die Stimme ihrer Großmutter vernahm, was bei dem Getöse etwas dauerte: „Kleines, du kannst jetzt loslassen", sagte Melina nur.

Ihre Enkelin tat wie geheißen und ließ sich in die fremden Arme sinken.

Für den Rest ihres Lebens würde Maria meinen, dass ihr Luftretter „Bingo" hieß. Hatte er sich so nicht vorgestellt?

Für Clara Fontanella war es einer dieser Träume, die sie schon kannte. Viele ihrer Träume waren unangenehm, das war schon in ihrer Kindheit so gewesen.

Sie hatte gelernt, damit zu leben. Sie war halt anders.

„Wer so hoch unterm Himmel geboren ist, der darf anders sein als die Stadtmenschen", hatte ihre Mutter zu dem grüblerischen Mädchen gesagt.

Da gab es zum Beispiel diesen Fledermaus-Traum.

Clara war in einem hohen, turmartigen Raum gefangen, der blutig rot gestrichen war. Aus dem Dachgebälk stoben Fledermäuse auf sie herab. Die berührten sie zwar nicht, kreisten aber über ihrem Kopf wie ein bedrohliches Mobile. Schrill fiepend.

Schon beim Aufwachen wusste Clara dann, dass sie wieder einmal dicke Mandeln hatte und Halsweh. Zumindest blieb ihr dann der lange Schulweg ins Tal erspart und sie bekam schleimig-süßen Hustensaft.

Jetzt träumte sie ihren Friedhofs-Traum, wie sie ihn nannte. Er war mit dem Erwachsenwerden nicht verschwunden wie ihr Fledermaus-Traum.

Clara fühlte sich wie begraben. Lebendig begraben, denn es war dunkel, eisig und sehr eng. Und im Gegensatz zu ihrem Kindheitstraum gab es nie eine süße Belohnung am Schluss. Was sollte sie feiern? Ihre Auferstehung am dritten Tag? War sie Jesus?

Sicher hatte Riccardo wieder die schweren Fensterläden geschlossen, kam ihr in den Sinn. Dabei aber die Glasfenster dahinter offen gelassen. Sonst wäre es nie so kühl. Doch bald würde es hell. Kurz vor Morgengrauen war es in den Bergen immer am kältesten. Daran merkte man, wenn der Sommer sich langsam davonschlich, bald kröche der flauschige Hochnebel durch die Täler, gäbe es auf den Almen den ersten Reif.

Nur gut, dass sie ihren warmen Wintermantel in ihrem Koffer hatte. Den würde sie über ihre Füße legen. Eiszapfen waren das.

Dann fiel Clara jedoch ein, dass die Koffer bei Carmela verblieben waren, wie auch ihr Nachtzeug. Ein Fehler, der sich nun einmal mehr rächte.

Dass Riccardo, ein Alpino, sich von seiner Mutter noch so manipulieren ließ? Sie würde ihn wachrütteln, nun war ihre Geduld wirklich vorbei. Ein zweites Mal würde sie nicht versuchen, diese schweren Holzläden selbst zu öffnen. In dieser Tintenschwärze. Ihr Knöchel schmerzte noch immer.

Als Clara nach ihrem Mann greifen wollte, ging das nicht. Ihr Arm ließ sich nicht bewegen. Wie war das möglich? Überhaupt, wieso lag sie so seltsam verdreht in ihrem Bett?

Sie schlief am liebsten auf dem Rücken. Jetzt glich sie einer achtlos weggeworfenen Gliederpuppe. Doch Claras Körper tat nicht, was er tun sollte. Keinen Zentimeter bewegte er sich, obwohl sie immer wieder ihre Muskeln anspannte, bis diese brannten.

Es gelang ihr nicht, sich auf den Rücken zu rollen. Es schien, als fixiere etwas sehr Schweres sie in dieser aberwitzigen Position. Lag sie überhaupt in ihrem Bett?

Sie hatte das Gefühl, die Luft sei aus Lehm. Jeder Atemzug kostete unendlich viel Kraft und roch irgendwie erdig. Lehmig war auch der Geschmack in ihrem Mund. Als Kind hatte sie einmal Lehmkuchen gekostet, den sie aus einer Lehmader mit einem Kuchenförmchen ausgestochen und dann in der Sonne getrocknet hatte. Er schmeckte genau so.

Zum Fürchten, wie sich das alles anfühlte. Ein sehr glaubwürdiger Lebendig-begraben-sein-Traum.

Clara träumte häufig und selten Komödien. Früher hatte sie ihre nächtlichen Hirngespinste ihrer Mutter erzählt. Als das Band zwischen ihnen dann gerissen war, ihrem Riccardo.

„Du hast zu viel Einbildungskraft", hatte der mit einem Kopfschütteln gesagt.

Dabei gab es in ihren Träumen ständig wiederkehrende Szenen. Wie in einem schlechten Krimi, der Angstszenen in Rückblenden immer und immer wieder abspulte.

Mitunter fiel sie von Gebäuden, von Hochhäusern, aus blitzendem Glas und Stahl. Das war ihr Frankfurt-Traum.

Kurioserweise gelang es ihr, die Stockwerke zu zählen, wenn sie daran vorbeiflog. Dies gab diesem Grauen, dieser totalen Hilflosigkeit des Fallens, ein kalkulierbares Gefühl. Eine gewisse Komik sogar.

„Wer zählt, kontrolliert", sagte Riccardo immer in der Eisdiele beim Kassemachen.

Doch Clara wusste, schlüge sie unten in einer Straßenschlucht auf, hätte sie ausgezählt. So weit kam es aber nie. Sie verzählte sich immer bei ihren Sturzflügen. Nur um sich dann erneut von einem hohen Gebäude zu stürzen wie ein Mauersegler.

Dabei gab es niemanden, der sie stieß, auch sprang sie nicht, um sich umzubringen. Es schien allein um das Fallen und um das Zählen zu gehen. Um ihre Hingabe an die völlige Haltlosigkeit der Situation und um den Versuch, auch diese Haltlosigkeit zu meistern. Wo gab es das, einen nicht tödlichen, da mit Abzählen kontrollierbaren Todessprung?

Hing ihr Traum damit zusammen, dass sie in Frankfurt so verloren war? So gestrandet in diesem Hochhäuser-Meer, wobei Riccardo jeden ihrer Handgriffe in der Eisdiele kontrollierte. Vor allem, wenn sie am Abend die Kasse machen musste, schon ganz erschossen vom Tagesgeschäft.

Dann gab es noch den Stahlschuh-Traum.

Der lief so ab, dass ein Unhold Clara verfolgte. Irgendein Kerl, dessen Gesicht sie kaum sah und auch nicht kannte. Eigentlich ging es gar nicht um ihren Verfolger. Es ging um sie selbst.

Sie rannte um ihr Leben und kam dabei kaum von der Stelle, denn ihre Füße waren schwer wie Blei.

„Irgendwo bist du noch ein Kind“, hatte Riccardo einen Traumbericht am Frühstückstisch kommentiert. Dies hörte eine 19-Jährige nicht gerne.

Als sie nach einer nächtlichen Flucht wieder einmal ganz zerschlagen war, meinte Riccardo: „Man kann Träume beeinflussen. Das habe ich beim Militär gelernt. Auf einem Lehrgang, sie nannten es Autosuggestion.“

„Du und deine Alpini“, hatte sie genervt abgewunken. „Träume beeinflussen, so ein Unsinn.“

So sehr sie Riccardo liebte, es war nicht immer einfach, mit einem 13 Jahre älteren Habe-Ich-Schon-Gemacht-Weiß-Ich-Besser zusammen zu sein. Ihrer angetrauten „Lehranstalt“, wie sie ihn gerne neckte.

Schlimm genug, dass er es häufig tatsächlich besser wusste.

So war sie dann doch zu Kreuze gekrochen, denn wer träumt schon gerne schlecht?

„Du musst dir ein Wort ausdenken, ein Kraftwort! Das kann deine Wahrnehmung verändern. Wörter haben Macht! So wie bei Ali Baba und die 40 Räuber, da war es dieses ‚Simsalabim‘.“

Clara hatte das nie gelesen. Spielte das in den Bergen?

Nun, die Berge waren geheimnisvoll. Geheimnisvoll, sagenumwoben und dabei erdig. Obwohl in Peron alles nach oben strebte, war es erdverbundener als dieses topfebene Frankfurt mit seinen großspurigen Hochhäusern. Die taten nur so, als ginge es mit dieser Stadt immer bergauf.

So hatte sich Clara das Wort „Alpentrost“ ausgedacht. Nein, das Wort war einfach zu ihr gekommen. War ihr erschienen. In einem Traum. Einem erholsamen Traum, denn Berge trösten ein Mädchen aus Peron, scharfkantige Hochhäuser und Bankpaläste nicht.

Bei einem Frankfurt-Traum erlebte sie dann den ersten Erfolg.

Statt im Fallen wieder panisch Stockwerke zu zählen, hatte sie „Alpentrost“ gesagt und war auf dem Asphalt gelandet. Auf ihren Füßen. Fast schwerelos, wie nach einem Sprung mit einem Fallschirm.

Auch ein Bleischuh-Traum ließ sich mit „Autosuggestion“ verändern. Plötzlich hatte der Verfolger Bergschuhe mit Steigeisen getragen und kam nicht mehr gut voran. Auf Asphalt waren Steigeisen mörderisch, schlimmer als Schlittschuhe, deren Kufen glatt geschliffen und gleichförmig hoch waren. So etwas wusste ein Mädchen aus Peron.

Der „Alpentrost“ war also nützlich. In den Alpen war doch immer alles für oder auch gegen irgendetwas gut. Das Weltbild war einfach: War man für moderne Wasserkraft, war man gegen die Tradition. War man für die Wilderer, war man gegen die Jäger. War man für die Gelatieri, war man gegen die Männer im Holz.

Unverbindlichkeit und dieses feige Gefühl, für alles und für jeden offen sein zu müssen, das gab es nur in Frankfurt.

Nun müsste es ihr doch gelingen, diesen Friedhofs-Traum zu beenden, dachte Clara. „Alpentrost“, murmelte sie. Es passierte nichts. „Alpentrost“, wollte sie laut und klar formulieren, doch sie schien keinen Speichel mehr zu haben, nur diesen lehmigen Geschmack in ihrem Mund. Er machte das Atmen zunehmend schwerer.

Riccardo hatte behauptet, dass ein Kraftwort schon wirke, wenn man nur daran dachte. Wenn sie es in ihrem Kopf „visualisiere“, so funktioniere doch auch ein stilles Gebet.

Clara stellte sich ihren „Alpentrost“ nun in Buchstaben vor. Dabei wuchs ihr Kraftwort an Größe und verformte sich. Schließlich glich es den Leuchtbuchstaben der Nachtbar in Frankfurt, nur dass jetzt nicht mehr „Babylon“ dort stand, sondern „Alpentrost“. Ordinär rot und blinkend!

Clara musste schmunzeln oder dachte, dass sie dies tat. Ein Gutes hatte die „Autosuggestion“ hier also auch: Ihr Friedhofs-Traum verlor an Schärfe.

Doch weiterhin blieb es eng, kalt und dunkel. Sie spürte, dass sie in Panik geraten könnte.

Jetzt half nur noch der Gedanke, dass es auch nach so einer Nacht ein Erwachen gäbe. Dann blieb von ihren Träumen nur ein schales Gefühl zurück. Nichts Genaues. Sie wären ihr vielleicht sogar entfallen, hätte sie diese nicht immer gleich ihrer Mutter erzählt und neuerdings Riccardo.

„Alpentrost“, dachte Clara noch einmal. Erneut blinkte das rote Neonlicht.

Plötzlich hörte sie ein Stimmengewirr und Hundegebell. Beides kam näher. Hundegebell kam sonst nie in ihren Träumen vor. Clara mochte Hunde, sie waren keine Gefahr.

Endlich gibt mein „Alpentrost“ diesem Traum eine ganz neue Wendung, jubilierte sie innerlich.

„Da lebt keiner mehr“, drang an ihr Ohr.

Clara war entrüstet. Natürlich lebte sie!

„Nein, so etwas überlebt keiner“, hörte sie eine zweite Stimme sagen.

Ein Friedhofs-Traum war unangenehm, ohne Frage. Aber bald würde sie erwachen, würde Cappuccino trinken, wie immer ohne Zucker, würde genüsslich in ein Nusshörnchen beißen und Riccardo ein Stück der Zeitung abjagen.

Zu behaupten, sie lebe nicht mehr, war doch wirklich eine Unverschämtheit. Bodenlos. Sie würde sich nicht tot reden lassen, nur weil sie noch schlief. Schlief sie noch?

Nun tat sie, was sie schon als kleine, vorlaute Nervensäge in Peron gut beherrscht hatte: Clara Fontanella schrie wie am Spieß. Und trotz dieser Luft aus Lehm gelang ihr diese Unmutsäußerung.

„Hierher. Überlebende. Bringt den Hund, bringt Schaufeln!", diese hektische Aufmerksamkeit gefiel Clara. Es ging ans Aufwachen. Bald käme der Kaffee, das Nusshörnchen, die Zeitung.

Sie hörte Geräusche, wie wenn die Mutter daheim ihren steinigen Garten umgrub. Und immer wieder dieses Hundegebell.

Dann wurde es hell und eine feuchte Nase stupste Clara mitten ins Gesicht, gefolgt von einer nassen Zunge. Es war ein Schäferhund, er winselte vor Glück.

Was für eine Wendung ihr „Alpentrost" diesmal bewirkt hatte! Sie konnte kaum erwarten aufzuwachen, um es Riccardo zu berichten. Dieser Traum war eine Sensation.

Seine Alpini-Lehrgänge taugten mehr, als sie je vermutet hatte. Diese „Autosuggestion" war nicht zu unterschätzen.

Wenn sie nur nicht immer so merkwürdige Kopfbedeckungen tragen würden, diese Alpini. Mit ihrer an Frankfurt geschulten Wahrnehmung wirkten filzige Sepplhüte, aus denen eine Rabenfeder wie eine Antenne hervorstand, einfach hoffnungslos provinziell.

Ein männliches Gesicht beugte sich über sie. Es war rundlich, ein Alpinihut bedeckte die Stirn. Eine Rabenfeder zeigte an, wo die Sonne wohnte.

Clara musste lachen. Husten und gleichzeitig lachen.

Der Träger des Alpini-Hutes wirkte erstaunt.

Hatte er noch nie eine lachende Frau gesehen?

„Das muss ich Riccardo erzählen“, kicherte Clara und konnte sich kaum beruhigen. Das mit dieser „Autosuggestion“ wurde immer toller.

„Bleiben Sie ganz ruhig“, sagte der Mann mit dem Hut.

Dann beugte sich noch ein zweites Gesicht samt Alpinihut zu ihr hinab.

„Sie steht unter Schock. Sie halluziniert. Macht schnell!“, sagte es.

Jetzt wühlten gleich mehrere Männer die Erde auf mit ihren bloßen Händen. Der Hund grub mit seinen Vorderpfoten mit und ließ sich kaum beruhigen.

Das wird ja immer besser, dachte Clara. Diese Alpini trugen zwar Sepplhüte, untenherum jedoch Flecktarn wie im Krieg. Kampfanzüge. Schmutzige Kampfanzüge. Sie kannte nur Riccardos schmucke Ausgehuniform.

Das hier war lustig. Lachen und husten. Sie hatte noch nicht begriffen, dass die Natur einen Blitzkrieg geführt hatte. Eine totale Vernichtungsschlacht.

„Sie sind dehydriert“, sagte das rundliche Alpinigesicht und gab ihr Wasser aus einer Feldflasche zu trinken. Es schmeckte nach Erde. Clara spie aus.

„Ihr Wasser ist schlammig“, beschwerte sie sich.

„Das ist die Erde in Ihrem Mund.“ Wieder musste Clara lachen, diesmal über so viel Dreistigkeit.

Man hob sie auf eine Bahre.

Veranstalten die hier eine Übung? Mit mir als Opfer und sie flößen mir dreckiges Wasser ein? Das muss ich Riccardo erzählen, dachte sie.

Noch nie hatte sie so viele Alpini gesehen. Und überhaupt, wieso stiefelten diese in Kampfanzügen in ihrem Traum umher?

„Bleiben Sie wach, Signora“, sagte der Mann mit dem rundlichen Gesicht und befeuchtete ihre Stirn mit einem Tuch.

Wie soll ich denn wach bleiben, wenn ich schlafe? Oder bin ich etwa schon wach? Clara war verwirrt.

Als der Mann das Tuch von ihr wegnahm, sah Clara, dass es Flecken hatte.

„Sie machen mich ganz schmutzig“, sagte Clara entrüstet.

„Sie sind so schmutzig, Signora“, erwiderte das rundliche Gesicht. „Aber Sie leben.“

Clara hob mühsam ihren Kopf und blickte an sich herunter. Das war nicht sie, auf dieser Bahre. Ihr Unterrock glich den Falten einer gotischen Skulptur, doch auch ihre Haut und ihre Beine hatten diesen fahlgrauen Farbton. Ja, die Alpini hatten eine Skulptur aufgeladen, eine schmutzige Skulptur. Das war gar kein Mensch und das war vor allem nicht sie.

Clara hasste Schmutz. Eismacher waren sehr saubere Leute!

„Das deutsche Gesundheitsamt ist ein Gesundheitsnazi, es sucht Bakterien, wie Juden. Einfach überall“, hatte ein anderer Eismacher einmal zu Riccardo gesagt.

Wieso dachte sie jetzt an diese überzogene Warnung?

Gut, dieser Schmutz war beleidigend, das verseuchte Wasser, das dreckige Tuch.

Schon wieder wischte dieser Alpino mit dem dreckigen Fetzen über ihr Gesicht.

„Ich werde mich beschweren“, murmelte sie.

„Später“, sagte das rundliche Gesicht. „Wir bergen noch eine zweite Person und bringen Sie dann ins Krankenhaus.“

Noch nie war Clara in einem Krankenhaus gewesen. Auch gab es nie „eine zweite Person“ in einem Traum. Höchstens beim Bleischuh-Traum als gesichtslosen Verfolger.

In meinen Träumen dreht sich immer alles um mich, dachte Clara jetzt. Ihre Träume waren verstörend, aber auch egoistisch.

„Wenn wir wach sind, müssen wir Frauen aus den Bergen immer an andere denken: an den Mann, alte Eltern und Schwiegereltern, viele Kinder, krankes Vieh, den Pfarrer im Dorf. In meinen Träumen gibt es nur mich.“

Dies hatte Claras Mutter öfter zu ihr gesagt.

Vielleicht war sie deshalb so einsam in ihren Träumen, so einsam in sich.

Musste sie nicht auch bei Riccardo immer funktionieren? In Frankfurt gab es das Eis, das rote Licht, den Hochhaus-Traum und sonst nichts.

Wer war diese „zweite Person“? Riccardo konnte es nicht sein, der war ja wach.

Clara fiel ein: sie hatte doch ein Kind. Doch es wollte ihr nicht in den Sinn kommen, wie dieses Kind aussah. Welche Augenfarbe es hatte. War es eine Tochter, ein Sohn? War es groß oder klein?

Als die Alpini die Trage anhoben, richtete Clara sich auf, obwohl irgendjemand „nicht bewegen“ rief.

Sie sah eine Welt, die sie nicht kannte.

Es gab keine Menschen, keine Straßen, keine Autos, keine Häuser, keine Bäume, keine Gärten, kein Grün, keine Kirchtürme. Rein gar nichts, woran sich ein suchendes Auge hätte festhalten können.

„Bin ich auf dem Mond?“, fragte sie.

Eine Frage, die ihr keiner der Männer mit den lustigen Hütchen beantwortete.

Der Hubschrauberpilot Dino Menardi, ein Alpino, kam von genau diesem Einsatz mit Tränen in den Augen zurück: „Es war schrecklich anzuschauen. Ich habe dergleichen nie gesehen. Nicht einmal in Angstträumen. Von der Stadt Longarone steht nicht ein einziges Haus mehr. Auch keine der drei Kirchen dieser Stadt. Longarone ist von der Landkarte gelöscht.“

Bis zum zweiten Tag nach der Stunde null wurden nur 18 Überlebende aus der Luft gerettet. Die Alpini und die Amerikaner, deren Sikorskys wie ein aufgescheuchter Hornissenschwarm über der gedemütigten Landschaft kreisten, hätten viel mehr Verletzte bergen und ausfliegen können. Es gab sie nur nicht.

Belluno, Longarone, Stuttgart, 11. Oktober 1963

Claras Inventur ihrer Besitztümer ging schnell: ein Unterrock und eine Unterhose!!

Dies schrieb sie mit einem Bleistift, der das Logo des Krankenhauses von Belluno trug, auf einen Zettel. Sie setzte zwei dicke Ausrufezeichen dahinter. Schließlich besaß sie ja genau zwei Sachen.

Wäre Clara mit sich selbst ehrlich gewesen, hätte sie unter Besitz „gar nichts“ eintragen müssen.

Ihr Unterrock war zerfetzt und nach dem Trocknen zu einem Panzer erstarrt. Selbst ihre rote Unterhose, ihre Lieblingsunterhose mit dem hohen Beinansatz und dem Schleifchen vorne – sie hatte sie für ihre Hochzeitsnacht gekauft, ein voller Erfolg –, hatte diesen schlammigen Grauton angenommen und war bocksteif geworden. Bocksteif von dem bröseligen Zeug, das sie immer noch in ihrer Nase, ihren Ohren und unter ihren Nägeln fand. Dabei hatte man sie gebadet und sie hatte schon geduscht. Es ließ sich nicht abwaschen, dieses Unglück.

Clara würde noch jahrelang den Schlamm, in dem sie lebendig begraben war, abwaschen wollen. In einem Traum, den sie fortan ihren „Wasch-Traum“ nannte.

Dafür würde ihr „Bleischuh-Traum“ verschwinden. Es gab nichts mehr, wovon sie fortlaufen müsste. Von einem Kerl ohne Gesicht schon gleich gar nicht. Sie hatte das Schlimmste überlebt. Und hatte den Menschen von Logarone das Fortlaufenwollen irgendetwas genützt?

Doch kehren wir zu Tag zwei nach dem Unglück zurück.

Clara kratzte sich mit der Bleistiftspitze an der Kopfhaut. Auch dort schien dieser Schmutz noch zu sitzen, bis in die Haarwurzeln hinein, mit Shampoo war ihm kaum beizukommen.

Dann schrieb sie zu ihren Besitztümern: „Riccardo!!!", mit drei Ausrufezeichen dahinter.

Sie war stolz, dass ihr das eingefallen war.

Doch besaß sie ihren Mann noch? Er hatte sich verändert.

Wie durch ein Wunder waren sie mit ein paar Quetschungen und Abschürfungen davongekommen.

Das Unglück hatte sie in ihrer tief in den Berg hineingeschlagenen Küche erwischt. Hatte sie unter den Spülstein gefegt. Dieses ewiglange Steinding, einer Viehtränke gleich, war so nett gewesen, sie nicht zu erschlagen, ja, es hatte sich vor ihren Körpern zu einer Art Schutzschild verkeilt. Dabei hatte Clara das altmodische Relikt schon beim Einzug entfernen lassen wollen. Einbauküchen kamen jetzt auch in Longarone in Mode. Doch damals, wenige Tage vor Beginn der Eissaison, hatte die Zeit nicht mehr ausgereicht.

Mit etwas mehr Weitsicht betrachtet, könnte man auch behaupten, dass Fußball ihr Lebensretter war. Ein doppelter Lebensretter, wenn so viel Spitzfindigkeit erlaubt ist: Zunächst war es Claras Abneigung und dann Riccardos Begeisterung für dieses Spiel.

Hätte Clara sich nicht geweigert, ins „Dopolavoro" zu gehen, wäre es ihnen schlecht ergangen. Die Bar und mit ihr die ganze Innenstadt waren zu dieser Mondlandschaft geworden, die sie gesehen und nicht begriffen hatte.

Hätte Riccardo später in der Küche nicht heimlich Fußball gehört und Clara durch seine Abwesenheit aus dem Bett gelockt, hätte sie das wiederum kaum überlebt. Dort, wo sie sich noch Sekunden zuvor geräkelt hatte, die ewigen Sterne bewundernd, stand jetzt kein Bett mehr und kein Haus.

Die Druckwelle hatte sie dann wie Spielzeug unter diesen Spülstein geschleudert, der die massiven Kräfte gedämpft hatte.

Sie hätten die Besinnung verloren, wie ein Arzt ihnen erklärte. Dabei jedoch einen Schutzengel gehabt, denn die Druckwelle allein hätte viele Menschen getötet.

„Einen Schutzengel?", Riccardo lachte zynisch. „Wo waren die Schutzengel jener Menschen, die herausgerissen wurden aus der Welt? Meine Stadt und meine Heimat wurden herausgerissen, wie wenn die Klaue eines Riesen Unkraut jätet. Mit Stumpf und Stein", sagte er und biss sich in die Hand. So fest, dass sich der ovale Abdruck seiner Zähne blau verfärbte.

Was war das für ein Gefühl, wenn körperlicher Schmerz eine Erlösung ist, dachte Clara? Doch Riccardo wollte sich nicht trösten lassen.

Sie hatte zunächst nichts begriffen, als sie erwachte aus ihrem vermeintlichen Traum.

Noch im Helikopter hatte sie gejuchzt: „Alles Wahnsinn, das muss ich Riccardo erzählen." Ohne zu bemerken, dass der stöhnende Schlammklumpen, der auf der zweiten Trage versorgt wurde, ihr Riccardo war.

Der Mensch ist nicht dafür geschaffen, so etwas zu begreifen, würde sie später sagen. So viel sinnlose Zerstörung begreift kein menschliches Wesen – und vielleicht auch kein Gott.

Dann erreichte sie das Echo dieser Zerstörung. Als Schlagzeile in der Zeitung oder als Sondersendung im Fernsehen.

Man wollte sie davor schützen, aber Riccardo bestand darauf: „Wollen Sie uns für dumm verkaufen nach all dem?“

Vor dem Gerät der Krankenhausverwaltung wurde Clara dann klar, dass die Mondlandschaft aus ihrem Traum tatsächlich eine Mondlandschaft war. Nur zuvor halt nicht.

Der Krankenhauspfarrer setzte sich dicht neben sie. Doch Clara war zu aufgewühlt, um mit dem Mann zu sprechen.

„Was wollen Sie uns sagen? Herr, dein Wille geschehe, wie im Himmel, so auf Erden?“, sagte Riccardo aufgebracht und hinkte davon.

Noch mehr Kameras und Amtspersonen traten in Aktion.

Journalisten umlagerten das Haus. Männer mit Blitzlichtern, groß wie Salatschüsseln, lungerten selbst im Krankenhausgarten herum, zertraten die Blumenbeete und stellten Leitern auf, um Teleskopblicke in die Krankenzimmer zu erhaschen.

Kamerateams aus der halben Welt pinkelten in die Buchshecken, kauften den kleinen Kiosk des Krankenhauses leer und belästigten jeden, der vor die Tür trat. Unbedingt müsse man mit Überlebenden sprechen, denn viele gäbe es ja nicht, ließ man ausrichten. Geld wäre gar kein Problem.

„Ich will mein Leid nicht hinausschicken in die Welt. Ich will nicht sentimental sein für diese Geier. Wer von meiner Familie soll dies noch sehen oder lesen?“, sagte Riccardo. Daraufhin erhielten sie Zimmer im hinteren Gebäudetrakt.

Dann tauchte ein Mann im Anzug auf, ganz selbstverständlich spazierte er bei Clara herein und drückte ihr weiße Blätter in die Hand:

„Sie müssen das, was Sie noch besitzen, und das, was Sie verloren haben, fixieren."

Er sagte tatsächlich „fixieren", nicht etwas „niederschreiben" oder „auflisten".

Dieses Fremdwort schob sich wie eine Dämmschicht zwischen Clara und ihre Verzweiflung. Es tat weniger weh.

„Was ich fixiere, bekomme ich wieder?", wollte sie wissen. „Mein Reisekostüm, meine ganzen Ersparnisse?"

„Theoretisch ja", sagte der Mann. „Doch erst müssen die Kausalitäten geklärt werden."

Später würde Clara dieses K-Wort öfters hören, als die SADE alle Schuld an der Flutkatastrophe von sich wies.

Damit die Bestandsaufnahme übersichtlich geriet, hatte der Mann die Blätter mit einem Strich unterteilt. Fein säuberlich, genau mittig, mit einem Lineal. In eine Haben- und eine Soll-Rubrik unterteilt, wie er dies nannte.

„Ein Unglück ist auch ein Verwaltungsakt", tat er sich wichtig und strich seine schwarze Krawatte noch glätter, sie hing vor seiner Brust wie ein Ausrufezeichen, mittig ausgerichtet.

So, wie der Kerl aussah, könnte er das Jüngste Gericht verwalten, würde Clara später dazu einfallen. Ob er Jesus dann unter „J" oder etwa unter „H" wie Heiland in Hängeordnern erfassen würde? Verwaltungstechnisch effizient.

In ihrer Verblüffung vergaß Clara, den Mann zu fragen, woher er genau käme. Etwa vom Krankenhaus von Belluno, wo sie noch zu Beobachtung verblieb? Von einer Behörde, von einer Versicherung? Vielleicht sogar vom Kraftwerk, ja, von der SADE?

Er hatte sich nicht richtig vorgestellt und Clara war noch zu kraftlos, um dieses Musterexemplar einer Amtsperson um ein Kärtchen zu bitten.

Unglücke machten müde. Und sie machten langsam. Unendlich langsam. Sie entschleunigten, indem sie gerade Lebenslinien durchbrachen, Lebensentwürfe, die mit einem Lineal gezogen schienen. Zielstrebig, mittig, akkurat.

Man fiel wie ein Stein aus dem Tagesgeschehen. Die Betriebsamkeit des Alltags, die unser ganzes Denken bestimmte – die aus der Distanz betrachtet jedoch nichts anderes als nervöses Flügelschlagen war, Flügelschlagen ohne wirklich fliegen zu können – all dies fiel weg.

Man erstarrte inmitten der Betriebsamkeit der Welt. Und man lebte immer noch!

Clara stellte erstaunt fest, dass diese Langsamkeit ihr gefiel. Sie hatte Zeit zum Schauen. Der Langsame sah mehr.

Sie blickte aus dem Fenster. Hupende Autos, knatternde Mopeds, nervöse qualmende Punkte, die beschleunigten und wieder abrupt anhielten, die hektischen Bewegungen der Fußgänger, die alle einem Ziel zustrebten, zur Arbeit, zur Schule, zum Metzger, zum Frisör, irritierten sie.

Sie spielte nicht mehr mit in diesem Spiel. Sie hatte auf der Schnellstraße des Lebens angehalten. Obwohl dort „Anhalten streng verboten“ stand.

Eine Lebenslinie ist keine Autobahn und keine Prachtstraße, sie ist immer nur „gedacht-gerade“. Und sie verfolgt nur ein sicheres Ziel, den Tod.

Dabei gab es viele Möglichkeiten, nicht auf dem geraden Weg in eine Zukunft zu gelangen, die man für logisch, chronologisch und sinnvoll hält.

All dies wurde Clara jetzt bewusst.

Seit dem Unglück hielten sie und Riccardo inne und krochen tief in sich selbst hinein. Clara sah sich noch unter diesem Spülstein liegen, der ihr das Leben gerettet hatte, den sie aber hatte entfernen lassen wollen.

So zufällig und so albern konnte Überleben sein.

Nein, man wurde nicht einfach immer reicher und erfolgreicher, selbst wenn man hart dafür arbeitete.

Sie hatten hart gearbeitet. Wurden Gelatieri nicht daheim von den weniger Geradlinigen für ihre Zielstrebigkeit beneidet und für ihre Einkünfte gehasst? „Schaut die Bleichgesichter, schaut diese Millionäre“, schimpften die, die abgebogen waren in eine Seitenstraße des Lebens. Die sich in irgendeiner Nische vor zu viel Geradlinigkeit wegduckten. Hatten sie deshalb ein schlechteres Leben?

Einkünfte, Wohnraum, Autos und Bankkonten wuchsen nicht einfach immer mit den Jahren, so wie Speck auf den Hüften. Es ging nicht „immer auf Linie“ und „Volldampf voraus“, wie der Lebensweg der Erfolgreichen einen glauben machte.

Auch das Panorama mittelständischen Lebens ging nicht immer geradlinig von Punkt A nach Punkt B.

Diese Selbstverständlichkeit des Lebens war eine Farce. Sie machte einen unfrei. Man konnte alles verlieren, innerhalb von Sekunden.

Wenn man Glück hatte, dann blieb einem noch die Lieblingsunterhose, eine schöne rote. Und man lebte!

Über all dies dachte Clara jetzt nach, auch wenn sie noch keine passenden Worte dafür fand. Sie war erwachsen geworden. Eine einzige Nacht hatte dazu ausgereicht. Eine einzige Stunde Null.

Clara wandte sich erneut der Soll-Seite des Papierbogens zu.

Sie schrieb: Mein Reisegepäck mit allen meinen Ersparnissen. 2500 Mark. Drei Paar modische Schuhe, ein Paar Winterstiefel, zwei Kleider, vier Röcke, fünf Blusen, ein Rollkragenpullover, eine Pepita-Hose, einen Wintermantel aus guter deutscher Wolle, ein Reisekostüm aus guter deutscher Wolle, zwei Schals, sechs Paar Nylonstrümpfe, drei Paar Wollstrümpfe, Unterwäsche, Nachthemden, diverse Kosmetikartikel.

Sie setzte den Bleistift ab und stocherte mit dessen Spitze in ihren Haaren herum, besann sich und schrieb: Ein weißes Taufkleid für mein Kind. Hinter Kind setzte sie „ungeboren“ in Klammern.

Wieder grübelte sie, knabberte nun am Ende des Bleistiftes herum.

Dann schrieb sie: die Familie meines Mannes und setzte „möglicherweise“ dahinter in Klammern.

Bei Riccardo war das Auflisten seiner Verluste bitter. Ein totaler Offenbarungseid. Er schrieb auf die Soll-

Seite: ALLES. In Großbuchstaben, wie in einen Grabstein gemeißelt.

Clara meinte nur: „Ich und das Kind sind noch da!"

Er strich ALLES durch, setzte FAST ALLES dahinter.

Später präzisierte er das ganze Ausmaß seines Verlustes. Er begann mit den Menschen, wo Clara zunächst Sachwerte „fixiert" hatte: MEINE ELTERN UND MEINE DREI GESCHWISTER, MEINE ONKEL UND TANTEN, COUSINS UND COUSINEN ERSTEN, ZWEITEN UND DRITTEN GRADES UND DEREN KINDER, MEINE JUGENDFREUNDE, MEINE NACHBARN.

Dann überlegte auch Riccardo etwas länger.

MEINEN LIEBLINGSFEIND, schrieb er noch.

„Meinst du den fetten Dobertini?", wollte Clara wissen. Er nickte stumm. Fast hätte sie laut gelacht.

„Die sind doch nicht alle verloren, nur vermisst", sagte sie stattdessen und schob ihre Worte ganz vorsichtig durch den Mund, als ob sie Fremdkörper wären. Auch ihre Mine war angestrengt, abwägend. „Man könnte sie noch finden."

Keiner von ihnen beiden hatte bisher das Wort „tot" verwendet. Auch der Mann im Anzug nicht. Hatte er nicht von „Kollateralschäden" gesprochen?

„Ich werde sie finden!", rief Riccardo jetzt und biss sich erneut in seine Hand.

Vielleicht war dieser körperliche Schmerz sogar eine Erholung gegenüber dem gegenüber dem, was er noch auf die Soll-Seite schrieb: MEINE KINDHEIT, MEIN HALBES LEBEN MIT ALLEN ERINNERUNGEN.

Erst dann listete Riccardo Fontanella den Inhalt seines Reisekoffers auf, nicht ohne die Einkünfte der diesjährigen Eissaison zu vergessen. Der bisher besten Saison seines Lebens.

Giovanni Della Putta erhob sich von seiner Couch. Wenn auch sehr mühsam und schwankend, denn zuvor hatte er sich nur staksigen Schrittes zur Toilette und zum Wasserhahn geschleppt. Sein Hintern fühlte sich nach einer Diät aus Rasierklingen an.

War das eine fiebrige Darmgrippe oder hatte er sich einfach den Magen verdorben?

Er hätte die Austern nicht essen sollen. Wann gab es das schon, Austern in Stuttgart? Aber der Fischhändler, ein Libanese, hatte geschworen, sie wären gerade frisch am Flughafen eingetroffen. Und zum Ende der Saison hatte er mit seinen Freunden ein wenig feiern wollen. Hatte gut gekocht. Viel Wein getrunken. Der Winter daheim in den Bergen wäre lang genug.

Hatte er in seiner Agonie nicht von Longarone geträumt?

Domenica und die Kinder lagen alle im Bett. Erkrankt. Zumindest hatte dies so ausgesehen, mit den zerwühlten weißen Bettlaken, die sie umhüllten wie Schlagrahm.

Seit er aus Bad Cannstatt gutes Geld mitbrachte, gab Domenica viel für Mode aus. Auch für die Kinder. Deren Kleidchen und Jäckchen waren nun bunt und nicht mehr kratzig, der neueste Schrei aus Belluno, manchmal sogar aus Padua, aber nicht selten für das Klima zu dünn.

„Du gibst zu viel aus, damit du und die Kinder zu wenig anhaben“, hatte er sie schon mehrfach ermahnt. Jetzt war es schon fast Mitte Oktober und der Winter kam in den Dolomiten manchmal innerhalb von Stunden.

Doch wie sollte er diese Frau über die Distanz disziplinieren? Sie wurde umso eigenwilliger, ja, regelrecht störrisch, je länger er weg war.

Bald wäre er daheim, dann würde Domenica ordentlich etwas zu hören bekommen, sofern seine Vermutung auch nur ein Fünkchen Wahrheit enthielt.

Wie lange hatte er geschlafen? Das Telefon hatte während seines Martyriums mehrmals geklingelt – auch in der Nacht, doch in welcher Nacht? Er hatte irgendwann den Stecker gezogen.

Jetzt zeigte die Uhr zwanzig vor sechs. Doch an welchem Tag?

Es war noch früh genug, um der alten Mösle die Zeitung zu klauen, fiel Giovanni jetzt ein. Der Gedanke, sich bewegen zu müssen, machte ihn zwar augenblicklich wieder müde. Doch er müsste nur die paar Meter durchs Treppenhaus. Das ginge zu Not auch im Schlafanzug, der nun wirklich nicht mehr gut roch.

Die Alte würde nicht vor acht Uhr danach suchen. Bis dann hatte er das Blatt schon längst wieder unter ihren Fußabstreifer gesteckt. Sorgfältig zusammengefaltet, denn sie war misstrauisch wie ein russischer Agent. Er würde auf Zehenspitzen schleichen müssen, denn die Mösle spähte gerne durch ihren Türspion. Merkte dabei aber nicht, dass man ihre alterstrüben Pupillen dabei vergrößert sah. Im ganzen Haus hieß sie die „Toten Augen des Dr. No", frei nach dem neuen James Bond.

Ein Stammgast im „Venezia", der gut italienisch konnte, ein Schauspieler aus dem Staatstheater, hatte ihm den Nachnamen seiner Nachbarin übersetzt.

Dass es in Deutschland, noch dazu im biederen Schwabenland, solche Namen gab? Noch dazu, wo Frau Mösle ein Fräulein war und auch als solches angesprochen werden wollte. Unbedingt. Selbst, wenn man sich im düsteren Treppenhaus nur einen Gruß murmelnd an ihr vorbeidrückte.

Bald schon hatte Giovanni die „Toten Augen des Dr. No" überlistet, was ihm ein bisschen Auftrieb gab. Ging es einem nicht gleich besser, wenn die Schlitzohrigkeit zu einem zurückkehrt? Er grinste.

Die Lust an ein bisschen Hintertriebenheit hatte jedoch nicht ausgereicht, um sich zu waschen und frische Kleidung anzuziehen. Er hatte das meiste schon im Koffer verstaut. War ja reisefertig gewesen.

Er pustete in eine Handfläche und stellte fest, dass sein Atmen kaum noch dem eines menschlichen Wesens glich. Kein Wunder nach den Brechorgien über der Kloschüssel.

Zumindest hatte er es jetzt geschafft, sich eine Tasse Pfefferminztee aufzubrühen. Heiß und mit zwei Stück Zucker. Mal sehen, ob der drin bliebe.

Giovanni breitete das raschelnde Deckblatt auf seinem Bett aus. Es war die *Stuttgarter Zeitung* vom Freitag, dem 11. Oktober 1963. Der Aufmacher elektrisierte ihn:

„Städte und Dörfer im Piavetal von nächtlicher Flut weggespült

Bergsturz vom Monte Toc peitschte das Wasser über den Vajont-Staudamm. Tausende von Todesopfern.

(Belluno) (UIP, Reuters, AP, DPA) Eine durch einen riesigen Erdrutsch ausgelöste, wohl weit über hundert

Meter hohe Wasserwand hat am Mittwoch gegen Mitternacht eine Stadt und sechs Dörfer eines Alpentales am Südhang der Alpen im Gebiet von Belluno hinweggeschwemmt.

Nach ersten Schätzungen der Rettungsmannschaften sind durch die Katastrophe rund 4000 Menschen ums Leben gekommen.

Die Fluten ergossen sich über den Vajont-Damm hinweg, der 261 Meter hoch ist und als der höchste Bogendamm der Welt gilt. (Der Staudamm war 1959 vollendet worden mit einem Fassungsvermögen von 150 Millionen Tonnen Wasser).

Die Betonstruktur des Dammes hat die Sturzflut überstanden und nur an seiner Krone Schaden gelitten. Die Fluten stürzten über den Staudamm hinweg eine 70 Meter breite Schlucht hindurch in das rechtwinklig dazu verlaufende Tal des Piave, der über die Ufer trat und die Stadt Longarone und angrenzende Dörfer (Castellazzo, Pirago, Rivalta, Codissago, Casso und San Martino) überflutete.

Noch im entfernten Belluno stieg der Piave innerhalb von Minuten um fünf Meter an.

Das Ausmaß der Katastrophe ist noch nicht zu übersehen. Bis Donnerstagmittag wurden erst wenige Leichen geborgen, hauptsächlich jene von Frauen, Kindern und alten Leuten.

Die jungen Männer befinden sich beim Militär oder als Gastarbeiter im Ausland. Viele davon in Deutschland.

Am schlimmsten traf es die Stadt Longarone. Von rund 1700 Ew. hat man bislang weniger als 40 Überlebende gefunden.

Die Wassermassen rissen die Häuser mit sich, nur die Grundmauern zurücklassend. In Longarone nicht einmal dies.

Sämtliche Straßen- und Bahnverbindungen wurden durch die Flutwelle unterbrochen, der einzige Zugang bleiben Bergpfade und als einziges Verkehrsmittel der Hubschrauber."

Den Pressebericht unterstrich ein Bild. Es zeigte den Kirchturm von Pirago.

Giovanni erkannte ihn sofort. Ja, das war er. Nur merkwürdigerweise fehlten das ganze Kirchenschiff und eine Seitenmauer des Kirchturmes.

Man sah direkt auf das Läutwerk, wie durch eine riesige klaffende Wunde auf ein Gelenk.

Diese Glocken hatten geläutet, als Giovanni gefirmt worden war, als er Domenica geheiratet hatte, als jedes seiner Kinder getauft worden war.

War Gott total verrückt geworden? Er verschonte die Glocken, radierte aber die Kirche und die dazugehörige Gemeinde dazu aus? Das musste ein sehr übler Aprilscherz sein. Im Oktober?

Die Bildunterschrift besagte: „Aus dem meterhohen Schlamm, den die Flutwelle im Piave-Tal zurückließ, ragt verloren der Kirchturm des Ortsteiles Pirago hervor. Die Gräber des Friedhofes sind aufgerissen."

Selbst seine Vorfahren hatte dieser Wahnsinn, für den er noch keinen Namen hatte, nicht verschont?

Auf dem Friedhof von Pirago lagen seine Großeltern, lag sein Vater Ernesto. Erst letzten Winter war er gestorben. An Krebs. Vor Beginn der Eissaison hatte Giovanni viel Zeit auf diesem Friedhof verbracht.

Gab es eine Vorsehung, die den Menschen alles wegnahm? Ihre Familie, ihren Besitz, sogar ihre Toten? War seine Heimat jetzt ein offenes Grab? Sicher nicht.

Zu aller Verwirrung schien auf diesem Zerrbild absurder Zerstörung die Sonne. Giovanni war beruhigt. Atmete durch.

Nie würde die Sonne Italiens, diese Sonne, die er im rußigen Talkessel von Stuttgart so vermisste, eine derartige Todeslandschaft bescheinen. Man konnte gegen Italien einiges sagen, aber das Wetter hatte Stil.

Giovanni kippte zu Seite. Langsam, wie ein Baumriese, von einer Axt gefällt. Brettsteif sank er in sein Kopfkissen. Auch dies roch wirklich nicht mehr gut, dämpfte aber den Zusammenbruch.

Endlich wieder liegen, der Brechreiz, die Bauchkrämpfe waren noch nicht vorbei. Schlafen, sich gesund schlafen.

Dann erst würde er Domenica anrufen! Sie würde ihn ausfragen, herumzetern, ihm vielleicht sogar eine Freundin unterstellen, da er noch nicht zu Hause war, wie andere Saisonarbeiter.

Schon im Liegen streifte Giovanni die Tasse, deren Inhalt sich über seine rechte Hand und das Handgelenk ergoss.

„Verdammte Scheiße, diese Schmerzen. Die sind echt. Ich will raus aus diesem Alptraum!“, schrie er so laut und so verzweifelt, dass Fräulein Mösle vorzeitig aufschreckte und prompt den Diebstahl ihrer Zeitung bemerkte.

Stuttgart, Belluno, Longarone, 12. Oktober 1963

Am Tag danach war Fräulein Mösle siegesgewiss. Ihr morgendlicher Griff unter ihre Fußmatte brächte keine Enttäuschung. Keinen Streit. Sie würde keine Herztropfen benötigen und keinen Eierlikör als Nervennahrung. Da war sie, sie spürte sie schon an ihren Fingerkuppen: ihre Zeitung!

Doch waren da nicht auch Geräusche im Treppenhaus? Sie kannte diese Schritte, dieses Ringen um Luft.

Das Fräulein verharrte vor ihrer frisch gefegten Türschwelle, um die dicke Müller abzuwarten, die sie nicht mochte. Doch was tut man nicht alles für den Genuss der Denunziation.

Die Müller zog ihren Mops an einer Leine hinter sich her. Fräulein Mösle wartete, die Zeitung unter den Arm geklemmt.

Sie wusste etwas, das die dicke Vettel noch nicht wusste. Und es musste heraus aus ihr. Der hechelnde Hund und sein hechelndes Frauchen erreichten ihr Stockwerk.

„Der Italiener von nebenan ist ein Zeitungsdieb! Dem hab ich eingeheizt. Ordentlich eingeheizt. Am gleichen Tag noch ist er abgereist. Blass und grußlos. Was wollen diese Leute hier bei uns? Haben wir nicht schon genug Verbrecher?“, tönte Fräulein Mösle so laut, dass es im ganzen Haus hallte.

Nachdem der Nachbarin jedoch nichts dazu einfallen wollte, außer ihren Kopf zu schütteln und ihren Hund weiter durch das Treppenhaus zu ziehen, schlug das Fräulein ihre Tür zu.

Putzte ihre Brille mit einem Zipfel ihrer Bluse, schlug IHRE *Stuttgarter Zeitung* auf und las:

„Vermischtes nach dem Unglück aus Longarone:

Unter den Trümmerhaufen wurde gestern eine Kassette, die 20.000 Deutsche Mark (3 Millionen Lire) enthielt, gefunden. Daneben ein Personalausweis, auf den Namen Domenica Della Putta ausgestellt.

Von der Frau fehlt jedoch jede Spur. Auch von ihren drei Kindern im Alter zwischen 6 und 13 Jahren.

Ihr Mann arbeitet in der Bundesrepublik und betreibt eine Eisdiele in Stuttgart."

Maria Filippin hatte sich wie durch ein Wunder keine Lungenentzündung zugezogen. Nur einen Blaseninfekt und eine Angina, beides jedoch schon im Abklingen. Sie sprach gut auf das Penicillin an und nahm ihre Mahlzeiten schon außerhalb des Krankenbettes am Tisch zu sich. Wegen der Ansteckungsgefahr hatte sie ein Einzelzimmer erhalten. Es war so groß wie das halbe Haus ihrer Eltern. Was für ein Unterschied zu ihrem Speicherstübchen in Casso, im Winter hatte der Neuschnee ihre Bettdecke nicht selten wie weißer Flaum bedeckt.

Die italienische Gesundheitsbehörde hatte alle Krankenhäuser bis nach Padua hinunter angewiesen, sich auf eine Seuchenepidemie vorzubereiten.

Mehr ärgerte Maria ihr dick angeschwollenes Knie. Eine angehende Fußballerin konnte sich so etwas nicht leisten. Hatte nicht auch ihr Idol, Mané Garrincha, wegen Knieproblemen eine halbe Saison versäumt?

Die Flutwelle hatte sie gegen eine Eiche geschleudert, der sie ihr Leben verdankte. Das Zutun ihrer Großmutter Melina hatte sie den behandelnden Ärzten im Krankenhaus von Belluno verschwiegen.

Ein Mann in einem schwarzen Anzug stand plötzlich vor ihrem Bett und legte einen Bogen Papier auf das metallene Nachtkästchen. Der sei für ihre verlorenen Besitztümer gedacht, meinte er und verschwand.

Nur Minuten später stapfte er erneut in ihr Krankenzimmer hinein und nahm ihr den in der Mitte unterteilten Papierbogen wieder ab. Nahm ihn ihr einfach aus den Händen.

„Sie sind noch nicht volljährig. Sie müssen das Dokument mit ihren Erziehungsberechtigten ausfüllen, Signorina", erklärte er.

„Die untere Hälfte von Casso hat das Wasser weggefegt. Dies berichteten zwei Männer von der Polizei. Dort steht, nein, stand unser Haus", sagte Maria sehr langsam, aber beherrscht.

„Ich habe meine Vorschriften, Signorina. Sie füllen das Blatt mit Ihren Eltern aus", sagte der Mann und verschwand. Selbst den Bleistift mit dem Krankenhauslogo nahm er mit.

Ein zweiter Mann erschien bei Maria. Einer, der anklopfte, einer, der freundlich lächelte, obwohl ein Arm dick mit weißen Mullbinden bandagiert war und ein Pflaster wie eine Banderole über seiner Stirn klebte.

Maria erkannte den Mann. Sie hatte ihn in der Zeitung und schon öfters in ihrer Schule gesehen. Zum Advent, wenn die Nonnen ihren wohltätigen Basar mit Handarbeiten ihrer Schützlinge veranstalteten. Zum Schulbeginn und zum Anniversario della Liberazione, zum Tag der Befreiung Italiens am 25. April, hatte er immer einen Korb voller Fähnchen und grün-weiß-roter Bonbons mitgebracht. Auch klebrigen Zuckerkuchen in den Nationalfarben, der an den Zähnen wehtat.

Es war Enzo Arduino, der Vizebürgermeister vom Longarone.

„Ich war zum Wechseln des Verbandes einbestellt, als ich erfuhr, dass ein Mädchen von den Barmherzigen Schwestern hier liegt. Eines, das überlebte."

Maria nickte stumm.

Damit war alles gesagt, von einem Mann, der es nicht übers Herz brachte, diesem sommersprossigen Ding zu sagen, dass dort, wo sich das Waisenhaus und ihre Schule befunden hatten, eine Urlandschaft entstanden war aus Schlamm und Gestein. Sich die Sonne vielfarbig in öligen Wasserlachen spiegelte. So, als hätte Gott die Erde ganz neu erschaffen.

Dort, wo noch vor drei Tagen über 30 Kinder zu Bett gegangen waren. Manches mit einer Puppe, manches mit einem Teddybären, einige der Kleinsten hatten ihre Ärmchen um Schmusekissen geschlungen. Nicht ohne ein Nachtgebet zu sprechen.

An diesem sommerlichen Nachmittag hatten sie viel Zeit im Freien verbracht. Gummitwist gespielt, Himmel und Hölle, hatten sich schillernde Glasmurmeln im sandigen Hof abgejagt.

Die älteren Mädchen hatten unter den Platanen im Schatten gesessen mit Stickrahmen auf dem Schoß und dabei Geheimnisse und mittelgroße Verliebtheiten ausgetauscht. Dieser rotzige Adriano Celentano und dieser Elvis mit seinem unzüchtigen Hüftschwung standen hoch im Kurs. Und dies in einem „Nonnenbunker", wie ihr Heim bei den Einheimischen hieß. Sie hatten sich Schlager vorgesungen, hatten gelacht.

Rein gar nichts erinnerte jetzt mehr an diese Kinder und aufkeimenden Mädchen außer die Bilder, die Maria und dieser freundlich lächelnde Mann in ihren Köpfen trugen.

„Sie mussten nicht leiden", sagte er. Maria sah, dass er um Fassung rang.

Dann blickte er sie fragend an. Wollte nicht mit Worten nachbohren, wieso die Barmherzigen Schwestern und ihre Zöglinge ausgelöscht waren und sie noch lebte. Maria spürte dies.

„Ich bin keine Waise, ich bin eine Externe aus Casso", sagte sie fast entschuldigend. „Nun, jetzt bin ich vielleicht eine Waise, eine ohne ein Waisenhaus", schob Maria nach und ihre Stimme zitterte.

Von Enzo Arduino würde Maria auch erfahren, wie die Ingenieure der SADE ihre letzte Nacht verbracht hatten. Sie wollte es unbedingt wissen.

Man hätte die Männer um 20 Uhr auf die Staumauer bestellt. Kurzfristig einbestellt. Mit Messgeräten und Kameras.

Er wüsste dies von einem Ingenieur, der angerufen worden sei, aber wegen stechender Kopfschmerzen nicht hinging.

Sie sollten den langsamen Abrutsch des Monte Toc dokumentieren. Die „kontrollierte Abrasion", wie die SADE dies nannte.

Sie hätten den Stausee entleeren wollen. In der Katastrophennacht war der Wasserstand jedoch nur 20 Zentimeter unter dem Maximum.

Dabei sei die akute Bergsturz-Gefahr bekannt gewesen. So hätten die Bürgermeister von Erto und Casso ihre Bewohner mit Flugblättern gewarnt, sie sollten ihr Vieh vom Monte Toc heruntertreiben und sich in die höheren Ortsteile begeben.

Hing das Schicksal ihrer Eltern an einem Flugblatt, das sie übersehen oder ignoriert hatten? Maria wusste, dass ihr Vater kaum lesen und schreiben konnte und Geschriebenes gerne als Teufelszeug abtat, die Mutter hätte nichts zu sagen gehabt.

Doch Enzo Arduino war noch nicht am Ende. Es sollte eine Beichte folgen. Dieses Mädchen, mit diesen ungewöhnlich großen Sommersprossen auf diesem wachen Gesicht, sollte der erste Mensch sein, dem er sich anvertraute. Er, der keine Familie mehr hatte, der immer nur für seinen Beruf gelebt hatte: das Taktieren, die Politik.

In Longarone hätten er und seine Amtskollegen sich von den Beschwichtigungen der SADE einlullen lassen, was er unendlich bereue. Doch damit müsse er nun leben, erzählte er jetzt und setzte sich ganz ungeniert auf Marias Krankenbett.

Dann sei der gesamte Bergrücken plötzlich mit der Geschwindigkeit eines Schnellzuges in das Staubecken gerast. Hätte dort eingeschlagen wie eine Faust in eine kleine Wasserschale.

Zwar hielt die Staumauer stand, aber die riesige Flutwelle hätte die Krone des Staudammes wie Schmirgelpapier geglättet und Stahlträger umgebogen wie Hasendraht.

Maria sah Ingenieur Lorenzo vor sich, wie er sein letztes Foto schoss. Mit diesem konzentrierten Ingenieursblick, der einem das Gefühl gab, er könne einen See, ja einen ganzen Berg kontrollieren. Ein junges Mädchen allemal. Unterdessen nahm der Monte Toc Anlauf und fegte die versammelte Ingenieursbrut weg.

„Der letzte Schnappschuss der Ingenieure war sicher beeindruckend", sagte Maria.

Enzo Arduino schaute verblüfft, dann musste er schmunzeln. Dieses junge Ding war nicht zu unterschätzen. Ihre grünen Augen blitzten und brachten eine Heiterkeit in dieses Glückskäfergesicht, die er bei keinem der Überlebenden, die er bisher als Vizebürgermeister besucht hatte, gesehen hatte. Sie hatte nicht nur überlebt, sie schien der Vernichtung zu trotzen.

Er griff nach ihren Händen. Vorsichtig tastend mit seinem verletzten Arm. Sie erwiderte seinen Händedruck in diesem unpersönlichen Krankenzimmer, mit diesem unpersönlichen Schicksal in ihrem Gedächtnis, das Gerechte wie Ungerechte ausgelöscht hatte. Einfach so.

Manche Großen brechen unter einer scheinbaren Nichtigkeit zusammen. Und manche völlig unauffälligen Gestalten macht ein schweres Schicksal erst groß. Es macht Kobolde zu Riesen und Erdulder zu Erschaffern.

So auch Enzo Arduino.

Als einer der wenigen Mitglieder des Gemeinderates hatte er überlebt. Für ihn eine Art Gottesbeweis, fortan die Wahrheit und nichts als die Wahrheit zu verkünden. Der kleine Enzo Arduino – ein Mitläufer, ein Hinterbänkler neo-faschistischer Kommunalpolitik – wollte fortan ein Jesus im Tempel sein.

Lange hatte er sich der SADE gefügt und ihrer fest zementierten Macht.

Die Monopol-Inhaberin für Stromerzeugung im ganzen Nordosten Italiens hatte ein Riesengeschäft versprochen. Arbeitsplätze und schnelles Geld.

Mit dem Vajont-Tal als ihre Goldgrube.

Das wasserreiche Tal und der große Höhenunterschied zwischen dem Vajont-Tal und dem Piave, in den das Wasser bei Longarone mündete, waren ideal. Stürzte es doch wie aus Druckpistolen geschossen gut 270 Meter in die Tiefe durch die enge Schlucht von Vajont. Der Traum eines jeden Jüngers der Wasserkraft.

Ingenieuren, die die Karnischen Alpen und das Obere Veneto nach „Staudamm-Tälern" durchforstet hatten, war dies schon in den 30er Jahren aufgefallen. Darunter Carlo Semenza. Er sollte der zukünftige „Vater" und Oberingenieur dieses Staudamm-Projektes werden.

Gebirgswasser sollte den Energiehunger der Po-Ebene befriedigen. Forza Italia, Italien sollte groß sein, sollte Kriege gewinnen.

Hitler hatte seine Olympischen Spiele gehabt, hatte seine Autobahn, seine Krupp-Kanonen und sein im Rüstungswahn glühendes Ruhrgebiet. Auch wenn er in Venedig ein schlechtes Bild abgegeben hatte in seinem zerknautschten Trenchcoat mit seinen germanischen Manieren. Mussolini wollte dem Eifer Hitlers nicht nachstehen. In Russland ein bisschen, in Afrika ein bisschen mittun, überall dort, wo es nützlich war für sein neues römisches Imperium. Dafür benötigte er Energie, sehr viel Energie, Wasserkraft wurde zum Zauberwort. Wer hätte sich diesem Größenwahn entgegengestellt?

„Mit einem Menschenrechtsverbrechen hatte das Staudamm-Projekt begonnen. Verlogen von Anfang an", sagte der Vizebürgermeister jetzt, nachdem er lange seinen Gedanken nachgehangen hatte. Marias Hand war ihm entglitten. Er saß noch auf ihrem Bett. So viel Vertrautheit mit einer Fremden, einem halben Kind?

„Ich will alles wissen, ich habe die Wahrheit verdient", sagte Maria. Ihr Blick war eine Aufforderung und ein Flehen.

„Sie sind die Erste, der ich das alles erzähle. Ich und die Wahrheit, wir üben noch", sagte er und tupfte sich mit einer Serviette, die er von Maria Filippins Nachttisch fischte, die Stirn. Zumindest das, was das große Pflaster von seiner Stirn noch übrig gelassen hatte.

Dann seufzte er und fuhr fort. Seine Stimme tastend, so, als ob er seinen Worten selbst noch ungläubig hinterherspürte.

„Die Gemeinde Casso hat Gelände an die SADE veräußert, das ihr gar nicht gehörte. Privatgrund, ohne die Besitzer auch nur zu fragen. Wer sich beschwerte, wurde enteignet. Das Projekt wurde dann 1943 in Rom bewilligt, doch auch dies war nicht rechtens. Dem zuständigen Rat hat die Beschlussfähigkeit gefehlt, denn viele Politiker und Provinzbeamte waren geflüchtet.

1956 wurde dann mit den Bauarbeiten begonnen. Ohne die Genehmigung des zuständigen Ministeriums!

Einheimische klagten mit dem Argument, die Hänge das Monte Toc seien seit Menschengedenken instabil und von Muren und Erdbeben bedroht.

Am heftigsten wehrten sich die Menschen von Erto. Sie, die man überall verlachte, allein schon wegen ihrer Sprache, leisteten Widerstand. Sie gründeten sogar ein eigenes Komitee mit dem Effekt, dass in ihrem Ort eine Carabineri-Station errichtet wurde. Wer jetzt noch aufmuckte, hatte nichts mehr zu lachen.

Auch internationale Experten, vor allem Österreicher, die sich ja mit Wasserkraft auskennen, warnten, der Wasserdruck des zukünftigen Stausees würde die Berghänge unterspülen, sie poröser machen.

Bald nach Eröffnung der Bauarbeiten gab es auch prompt erste ‚Schweinereien der Natur'. Zumindest hatte es Chefingenieur Semenza so genannt.

Im Februar 1960 stürzten nach einer ersten Teilfüllung des Sees 700.000 Kubikmeter Gesteinsmasse ab und erschlugen einen Arbeiter. Ein schlechtes Omen und das Missfallen eines Berges, der in Ruhe gelassen werden wollte.

‚Die Natur ist da, um beherrscht zu werden', verkündete Semenza dann bei einem Treffen mit uns Bürgermeistern. Wer von uns kleinen Lichtern hätte Mr. Staudamm widersprochen?

Sein eigener Sohn, Edoardo Semenza, selbst Geotechniker, wagte es jedoch, das Lebenswerk des Vaters anzuzweifeln: Nach seinen Beobachtungen krochen mehr als 200 Millionen Kubikmeter Gesteinsmasse des Monte Toc langsam talwärts.

Seine Zahlen kommen der Gesteinsmenge, die vor drei Tagen abgerutscht ist, recht nahe, so erste Hochrechnungen nach dem Unglück“, sagte Enzo Arduino jetzt kopfschüttelnd und sprang von Marias Krankenbett auf.

Wieso erzählte er diesem Mädchen all das, was er wusste?

Sie rührte ihn. Sie war jetzt ganz allein in der Welt und saß gefasst und schön wie ein Engel in diesem Stahlrohrbett, von dem die weiße Ölfarbe abbröckelte.

Es tat gut zu reden, wenn er ehrlich war. Er brauchte jemanden, der ihm zuhörte.

Ja, die Wahrheit musste heraus! Und wenn nur die Wände dieses Krankenzimmers die Wahrheit hören würden. Und dieses Mädchen, dessen Katzenaugen so seltsame Dinge in ihm bewirkten. Sie waren wie grüne Ampeln, sie schalteten ihn frei.

„Ist das nicht ein Hohn? Der Sohn berechnet das Unglück, das der blinde Ehrgeiz seines Vaters heraufbeschwört", sagte er jetzt und lief aufgeregt in Marias Zimmer auf und ab. Seine Sohlen quietschten auf dem Linoleum.

Maria erinnerte der wendige kleine Mann an einen Iltis, der in eine Lebendfalle für Pelztiere geriet und der panisch nach einem Schlupfloch suchte, um seinem Schicksal zu entkommen. Ihr Vater hatte solche aufgestellt.

„Ein Unglück mit einer klaren Ankündigung!", rief Enzo Arduino nun.

Er schlug sich an die verpflasterte Stirn, jaulte laut auf. Die Dramatik der Erkenntnis schien ihn alles vergessen zu lassen.

„Ich Idiot kannte diese Zahlen, und dies, obwohl der alte Semenza die Berechnungen seines Sohnes verschwinden ließ. Ich hatte eine Abschrift. Was tat ich? Habe ihnen nicht geglaubt und sie in meinen Giftschrank im Rathaus gelegt." Enzo Arduino sah so aus, als ob er seine Fassung verlieren könnte.

„‚Gott hat die Berge an ihren Platz gesetzt, aber dem Monte Toc gefällt sein Platz nicht.' Das behauptete meine Großmutter Melina immer. Sie sagte auch, die von der SADE seien verrückt, sich mit diesem Berg anzulegen. Und was tat ich? Ich habe sie ausgelacht und weiterhin am Staudamm gearbeitet", sagte Maria nun. „Viele haben Schuld, Herr Vizebürgermeister. Ich weiß, wie die Herren Ingenieure sich dort aufgespielt haben.

Manche meinten, sie erschaffen den Planeten neu. Niemand hätte, mit Verlaub, einem Vizebürgermeister geglaubt, auch ich hätte Ihnen nicht geglaubt."

Dann ließ Maria ihre Augen blitzen und deutete auf ihre Bettdecke. Tatsächlich setzte sich der Mann wieder in die warme Grube, die sein Hintern dort hinterlassen hatte. Seine Stimme, die immer noch über sich selbst erstaunt schien, füllte wieder den kahlen Raum.

„Die SADE hat ihre Arbeit fortgesetzt." Maria nickte aufmunternd. „Zwar hat sie das Institut für Hydraulik und Wasserkraft der Universität Padua mit der Erstellung einer Simulation beauftragt. Die kam zum Entschluss, dass eine Wasserspiegelhöhe des Sees bis auf 700 Metern ungefährlich sei.

Die gingen jedoch von falschen Kriterien aus. Und in Italien wagte niemand, die gelehrten Professoren aus Padua anzuzweifeln.

Kritische Stimmen wurden weiter ignoriert. Warnungen aus dem Ausland sowieso. Später ließ die SADE neue Gutachten erstellen, von Geologen, die auf ihrer Gehaltsliste standen.

Sie hatte beste Beziehungen zu Politikern und zu Behörden. Zu willfährigen Knechten, wie ich einer gewesen bin", seufzte Enzo Ardiuno und wollte erneut aufspringen. Doch Maria griff nach seiner Hand, seiner gesunden.

„Sie haben auch die Berichterstattung beeinflusst, wie die von *Il Gazzettino*", ging sein Redefluss weiter. Seine Worte kamen jetzt nachdrücklicher, so als dränge die Wahrheit aus ihm heraus.

„Nur diese widerborstige Tina Merlin und die kommunistische *L'Unità* schlugen sich auf die Seite der Leute von Erto.

Man hat sie zwar wegen Diffamierung und Störung des öffentlichen Friedens angezeigt. Doch sie hat weiter wie ein David gegen diesen Goliath gekämpft, der wie ein Nationalheiligtum in unseren Köpfen verankert worden war: Der größte Bogenstaudamm der Welt, die Welt beneidet uns darum, alles blickt nach Italien!"

Maria nickte, sie kannte diese Floskeln. Und wie stolz war sie auf ihren Arbeitsplatz gewesen.

Die vollmundigen Phrasen wären einem Mussolini nicht besser aus seinem großen Maul gekommen, dachte Enzo Arduino bei sich. Was wüsste dieses Mädchen schon vom Faschismus?

Die ersten Befürworter der SADE waren die Faschisten gewesen. Manch einer hatte bei der Democrazia Cristiana später eilig eine weiße Weste über seine schwarze Gesinnung gezogen.

„Die Arbeiten im Vajont-Tal gingen weiter, als durch die Verstaatlichung der Wasserkraft die SADE und deren Personal, also so Leute wie Sie", Enzo Arduino blickte Maria an, sie nickte, „in die neu gegründete ENEL übergingen."

„Das war im letzten Jahr", ergänzte sie.

„Die Übernahme stellte den italienischen Staat in die Verantwortung. Und ging Rom verantwortlich mit diesem Erbe um?", er blickte Maria fragend an.

Sie schüttelte den Kopf. „Sonst wären wir kaum hier", sagte sie.

„Erst im April bildeten sich bei Einfüllproben am Monte Toc erneut Risse und Bewohner aus Erto meldeten Erdstöße."

„Wir haben sie auch in Casso gespürt", sagte Maria. „‚Der wandernde Berg geht spazieren. Bald wird er uns holen‘, hatte Großmutter Melina prophezeit. Ich habe der alten Dame den Vogel gezeigt, wenn auch hinter ihrem Rücken. Dann bin ich die Serpentinen hinuntergerannt, um pünktlich zur Kantine am Staudamm zu gelangen.“

„Und was habe ich getan? Die Leute für dumm verkauft und verkündet: Alles gewollt! Alles unter Kontrolle!“

Enzo Arduino trat an das Fenster des Krankenzimmers und riss es auf.

„Nur etwas frische Luft“, sagte er und hängte seinen verpflasterten Kopf ziemlich weit hinaus.

„Sie springen?“, fragte Maria etwas unsicher.

„Aus dem ersten Stock?“, er lächelte, drehte ihr aber erneut den Rücken zu.

Die Bilder der letzten Tage bereiteten ihm Übelkeit.

Eine Begegnung plagte ihn besonders. Die Begegnung mit diesem Kerl aus dem Sägewerk, Giuseppe Fontanella. Auch den hatte er beschwichtigen wollen mit seinem: „Alles gewollt! Alles unter Kontrolle!“

„Du willst behaupten, die Erdrisse sind gewollt? Meine Frau Carmela hat gesehen, wie der Berg Bäume und Zäune mit sich reißt. Und Bleistiftspitzer wie du haben so etwas unter Kontrolle?“ Giuseppe hatte ihm eine Hand wie eine Tatze auf die Schulter gelegt. Wie wenn ein Straßenköter einen Revierfeind niederdrücken will.

„Ich habe den neuesten Bericht der SADE gelesen“, eine schwache Verteidigung und eine Lüge obendrein. Mehr war ihm nicht eingefallen unter diesem Bedrohungsgriff.

„Dann lies besser im Kaffeesatz, da findest du mehr Wahrheit, du Pinocchio“, hatte Fontanella gemeint und ihm mit seiner Tatze die Wange getätschelt, als sei er ein dummes Kind. Ihm, dem Vizebürgermeister.

Ob der alte Donnerkopf überlebt hatte?

Was war aus all den Menschen geworden, mit denen er aufgewachsen war?

Sie hatten ihn in das Rathaus gebracht, sie hatten ihm vertraut. Diese kritischen Fontanellas waren ja in der Minderzahl gewesen.

Das alte und immer wieder neu geknüpfte Netzwerk aus Lügen und persönlicher Bereicherung hatte lange funktioniert.

Wäre er damals schon ein mutiger Mann gewesen, hätte er seinen Schützlingen sagen müssen, dass die SADE eine Katastrophe erbaut hat. Ein Unglück wäre nur eine Frage der Zeit.

Doch er war nur ein kleines Rädchen in diesem Schicksalsrad gewesen.

So redete er sich vor sich selbst heraus.

Zumindest hatte er sich nie bereichert. Nicht finanziell.

Diese Gewissheit richtete Enzo Arduino ein wenig auf. Er zog seinen Oberkörper in das Krankenzimmer zurück.

„Jetzt bin ich einer, der den Dreck aufräumen muss", sagte er und griff erneut nach Marias Hand, diesmal, um sich zu verabschieden. Sie hatte selbst auf dem Handrücken Sommersprossen.

„Ich komme wieder", sagte er.

„Ich warte", sagte sie und strich eine lange rote Strähne hinter das Ohr.

Dann lächelte sie dieses Lächeln, das sie schon zuvor an ihm erprobt hatte. „Und bitte, Herr Vizebürgermeister, bringen Sie mir ein Fußballheft mit?"

Enzo Arduino sollte Maria auch später nicht im Stich lassen. Er brachte sie in Padua bei seiner ältesten Schwester unter, wo sie die Handelsschule mit Auszeichnung abschloss.

Dann war Maria nicht mehr zu halten, was den Vizebürgermeister sehr betrübte. Auch als Mann.

Die Vollwaise folgte der Strada d'Alemagna, der Straße ihrer Sehnsüchte. Sie führte sie über das Pustertal nach Innsbruck, wobei sie staunend über die gerade fertiggestellte Europabrücke fuhr, und dann bis nach Frankfurt.

Eine wirklich berühmte Fußballerin wurde Maria Filippin jedoch nie. Zwar war ihr Wille ungebrochen, aber ihr in der Schicksalsnacht lädiertes Knie hielt diesem noch sehr neumodischen Sport nicht lange stand.

Alle Welt blickte nach Longarone. Auf das, was Mussolinis und Carlo Semenzas Gigantismus davon übrig gelassen hatte.

Journalisten forderten Interviews, woraufhin sich Menschen, die Teil dieses System gewesen waren, in den Vordergrund drängten: Politiker, Funktionäre, Ingenieure.

Politiker inszenierten Betroffenheit, während Experten sich aufplusterten, um gleichzeitig ihren Kopf aus der Schlinge ziehen.

Enzo Arduino stand am Scheideweg seines Lebens.

„Wo anfangen, Pinocchio?“, fragte er sich, denn dieser Giuseppe Fontanella wollte einfach nicht aus seinem Kopf.

„Ganz einfach, mit der Wahrheit“, sagte er zu sich selbst. Doch konnte jemand wie er sich selbst noch vertrauen?

Seine größte Feuerprobe stand unmittelbar bevor.

Der erste Mann in Rom und der erste Mann Italiens wollte das „Tal des Todes“, so die internationale Presse, besuchen.

Dabei war Staatspräsident Antonio Segni spät dran. Regierungsgeschäfte hatten ihn aufgehalten.

Schon aus der ganzen Welt waren Beileidsbekundungen eingetroffen.

US-Präsident Kennedy hatte der italienischen Regierung vor drei Tagen sein Beileid ausgesprochen, wie Zeitungen berichteten.

Auch Konrad Adenauer. Und dies, obwohl seine Ära jetzt zu Ende ging und der deutsche Bundestag von seinem Nachkriegskanzler feierlich Abschied genommen hatte. Knapp 88 Jahre war dieser Politikhaudegen jetzt alt. Er hatte als erster, in einer seiner vielleicht letzten Amtshandlungen, ein Beileidstelegramm geschickt. Schon am 10. Oktober.

Antonio Segni würde aus der Luft einschweben. Die Bilder seines Besuches müssten gut durchdacht sein. Der halbe Globus würde sie sehen.

Auf Anweisung des Präfekten von Belluno war in fieberhafter Eile eine Straße asphaltiert werden. Eine Straße, die von nirgendwo nach nirgendwo führte, eine Asphaltader mitten durch das Trümmerfeld von Longarone.

Der Staatspräsident sollte sich nicht beschmutzen. Sollte elegant und staatsmännisch zu einem Rednerpult schreiten. Man hatte Blumenschmuck bestellt.

Das brachte Enzo Arduino in Rage. Er wuchs über sich selbst hinaus.

War es nötig, Geld und Baumaterial zu verschwenden, Arbeitskräfte zu binden, damit der Staatspräsident „über Leichen gehen konnte“? Genau so drückte er sich aus.

„Wir werden die Straße einreißen, sobald alles vorbei ist. Wir wissen, dass noch Menschen darunter begraben sein müssen“, diktierte der Vizebürgermeister von Longarone Journalisten in ihre Schreibblöcke.

„Wer will einer Mutter sagen, wir können ihr Kind nicht bergen und sie könne es nicht begraben, da unser aller Präsident für seinen Kurzbesuch eine ‚Flaniermeile‘ benötigte?“ Die sagte Enzo Arduino zwar nicht zu den Journalisten, aber zu dem Präfekten von Belluno. Der knallte den Hörer des Telefons auf die Gabel.

Doch Enzo Arduino atmete auf: Er hatte die Wahrheit gesagt! Und er hatte sich nicht weggeduckt unter diesem mächtigen Präfekten, der doch nur ein Speichellecker des Systems war. Natürlich würde dies ein Nachspiel haben, er kannte die Hybris italienischer Politik nur zu gut.

So bat Enzo Arduino den einzigen, dem er noch vertraute, um Beistand:

„Jesus Christus, hilf mir. Lass mich ein wenig so sein wie du. Für den Sohn eines jüdischen Zimmermanns muss es schwer gewesen sein, vor einen König zu treten. Einen Statthalter Roms. Mein Pontius Pilatus kommt morgen."

Er fiel auf die Knie.

„Lass es mich diesem Römer zeigen. Er kommt zu spät. Wir Menschen aus den Bergen haben unseren Stolz", betete er voller Inbrunst.

Zwar wusste er, dass Antonio Segni ein gebürtiger Sarde war, aber man musste den Heiland ja nicht unnötig verwirren.

Longarone, 14. Oktober 1963

Der Helikopter mit dem Präsidenten zeigte sich am Horizont. Die Kameras zoomten ihn heran, er setzte auf. Antonio Segni schritt auf seiner „Flaniermeile“ ans Rednerpult, die Kameras immer bei ihm. Er winkte huldvoll, lächelte gemäßigt, so, wie es dem Anlass angemessen erschien.

Wendete sich zu den Berichterstattern.

Die Überlebenden von Longarone hatte man hinter eine Absperrung verbannt, weit von der Ehrentribüne entfernt.

Sie beäugten die Szene wie Tiere in einem Zoo. Kopfschüttelnde müde Raubkatzen hinter Gittern, nervöse Affen, zerrupfte Raben, das waren alte Bäuerinnen in ihrer Witwentracht. Was tat der Besucher, dieser feine Herr, vor ihrem Gefängnis?

Der Präsident von Italien verkündete den Betroffenen dieser „Naturkatastrophe“ sein Beileid. So nannte er das Ereignis. Meinte er sie damit, wo er sie doch kaum sah hinter den hohen Gitterstäben?

Dann las er die Beileidstelegramme einiger Staatsmänner vor: Kennedys, Adenauers, Nikita Chruschtschows, Churchills, selbst von Papst Paul VI. Alle hätten anlässlich dieser „Naturkatastrophe“ geschrieben, wie er erneut betonte.

Dann überreichte der Präsident Enzo Arduino ein Blumen-Bouquet in dessen Funktion als Vizebürgermeister und höchstem noch lebenden Amtsinhaber von Longarone. So stand es im Protokoll. Herbstastern mit einer schwarzen Schleife umwunden. Wieder im besten Winkel zu Kamera, die staatspräsidiale Schokoladenseite mit Blick von rechts nach links.

Der Beschenkte zupfte einen Moment nervös an der Schleife herum. Die Kamera-Teams hatten ihre Bilder im Kasten. Manche begannen einzupacken.

Plötzlich trat der kleine Mann an das Rednerpult. Das war neu, er hatte doch lediglich Blumen entgegenzunehmen, hatte es geheißen.

Der Staatspräsident suchte seinen Attaché mit den Augen, der zuckte mit den Schultern und runzelte die Stirn, der Präfekt von Belluno zupfte den Attaché am Ärmel seines Sakkos. Maßgeschneidert in Rom, beim Schneider des Präsidenten. Er witterte die Gefahr, die politische Meuterei.

Enzo Arduino räusperte sich, er wippte auf den Zehen, so lange, bis die roten Lichter der Kameras wieder blinkten. Den richtigen Moment abwarten, dann entschlossen vortreten, so hatte es auch Jesus im Tempel getan.

Er sprach mit fester Stimme: „Herr Präsident, das hier war keine Naturkatastrophe – Sorglosigkeit spielt eine große Rolle.“

Sofort griff der Staatspräsident nach dem Mikrophon. Ein Mann aus Rom, noch dazu er, würde sich von so einem Provinzler nicht vorführen lassen.

Er lächelte, wiegelte ab, sprach von einem vom Schmerz getrübten Urteil, einer vorschnellen These. Dann lobte er die italienische Energiepolitik. In einer Fensterrede, ganze fünf Minuten lang, aus dem Stegreif gehalten. Er spielte seine Rolle gut.

Enzo Arduino lauschte, wie geschickt Segni seine Anschuldigungen gegen die SADE, jetzt ENEL, zerstreute, die Energiegesellschaft, die inzwischen dem Staat gehörte, dem er vorstand. Er hatte seine Hausaufgaben gemacht.

„Das ist ein schwarzer Tag für die Wasserkraft, aber so eine bedauerliche ‚Naturkatastrophe' muss man hinnehmen, ohne das große Ganze aus den Augen zu verlieren." Der Staatspräsident kam zum Ende.

Dann hob er salbungsvoll seine Hände, so, als könne er Segen spenden. Doch wem und wohin? In Richtung der Absperrung?

Eine Stimme, eine einzige Stimme nur, noch dazu die brüchige Stimme eines alten Weibes, erschütterte diese staatsmännische Geste.

Sie trug ein schwarzes Kopftuch und eine schwarze Schürze. Beides sah so aus, als ob sie nichts mehr anderes besäße. Auch ihr zerfurchtes, Schmerz erfülltes Gesicht ein Bild des Jammers.

Antonio Segni sah die Alte von seinem Rednerpult kaum. Sie war eine dieser Trauergestalten. Sie hielt etwas hoch. Etwas kleines, eckiges.

„Das sind mein Mann und mein Sohn, mein einziger Sohn. Jetzt sind sie tot", rief sie. Dann schwieg sie, doch etwas schien noch aus ihr hinaus zu wollen. Sie räusperte sich und schlug sich vor die Brust.

„Du Mörder!", schrie sie dann mit aller Kraft.

„Du Mörder", schrie die Alte noch einmal und fing bitterlich an zu weinen. Herzergreifend.

Es war gespenstisch. Der kleine Enzo Arduino, der zunächst sehr stolz auf sich gewesen war, hielt den Atem an. Zerdrückte fast die vom Präsidenten geschenkten Blumen.

„Mörder, du Mörder!“, begannen jetzt immer mehr Menschen hinter der Absperrung zu rufen. Sie rüttelten an ihrem Gefängnis.

Dann durchbrachen sie die Polizeiabsperrungen und stürmten auf das Rednerpult zu. Ihre Mimik von Leid und Zorn verzerrt. Die Schale mit dem Blumenschmuck zerbrach.

Ein Tumult entstand.

Jetzt hatten die Journalisten Bilder, die sie einmal mehr um die Welt schicken konnten. Das Thema Longarone ging immer noch.

Longarone, Belluno, Peron, 15. Oktober 1963

Am Tag nach dem Auftritt des italienischen Staatspräsidenten vermeldete die *Süddeutsche Zeitung*:

„Der italienische Staatspräsident Segni musste vor erbitterten Menschen fliehen

Die Überlebenden von Longarone fordern Rechenschaft. Sie glauben, das Staudammunglück wurde von Menschen gemacht.

Der italienische Staatspräsident Antonio Segni hat am Sonntag seinen Besuch im norditalienischen Katastrophengebiet abbrechen müssen. Als Segni, der mit einem Hubschrauber in Longarone gelandet war, eine kurze Ansprache hielt, durchbrachen über 500 Menschen die Polizeiabsperrungen.

Sie umringten den Präsidenten und schrien ‚Mörder!'

Zuvor hatte ein Überlebender von Longarone zu dem Staatsmann gesagt:

‚Herr Präsident, das war keine Naturkatastrophe – Sorglosigkeit spielte eine Rolle.'

Vor seinem überstürzten Abflug versprach der Präsident jedoch, eine offizielle Untersuchungskommission einzusetzen.

Der Präfekt von Belluno gab jedoch sofort ein Statement ab, worin er das Verschulden von Menschen an dieser ‚eindeutigen Naturkatastrophe', wie er es nannte, massiv zurückwies."

Was taten die italienischen Medien? Viele hielten sich bei der Berichterstattung zurück. Manche verschwiegen den Vorfall gänzlich.

Schlimm genug, dass die Auslandspresse ihn so groß aufgriff. Und natürlich diese Kommunisten. Tina Merlin hatte noch nie in ihrer journalistischen Laufbahn so viele Berichte geschrieben und verkauft.

Die ENEL startete eine Gegenoffensive. In Zeitungen, die zu dem Vorfall geschwiegen hatten, wie *Il Gazzettino*, erschienen ganzseitige Anzeigen mit der Aussage: „Wir produzieren Energie, Ihre Energie. Keine Katastrophen!" Darunter blickte Carlo Semenza auf sein Werk. Ein angedeutetes Lächeln in dem asketischen Gesicht.

Er war im Herbst 1961 verstorben. „So blieb ihm die Schmach erspart, sein Lebenswerk in der Kritik zu sehen, die er von sich weisen würde." Dies mutmaßte Tina Merlin und ergänzte: „Selbstkritik? Semenza wusste gar nicht, was das bedeutet."

„Unsere Staumauer hat gehalten!", ließ die ENEL nun auf Postern verbreiten. Man war so feinfühlig, diese nicht in Longarone aufhängen zu lassen. Woran auch?

In Belluno sah Enzo Arduino eine mit einem Pinsel gemalte Ergänzung auf dem Poster: „Und die Menschen sind tot. Kompliment!"

Auch in Presseartikeln verbreitete die ENEL weiter ihre Unschuldstheorie. Für den verstorbenen Semenza zog jetzt Giuseppe Torno in die Medienschlacht und *Il Gazzettino* schrieb:

„SADE-Direktor spricht von Naturereignis

Der Direktor der vormaligen Elektrizitätsgesellschaft SADE und Miterbauer des Vajontdammes, Ingenieur Giuseppe Torno, wies am Samstag nach seiner

Rückkehr aus Ägypten jede Behauptung über eine Schuld der Techniker zurück.

Bei der Projektierung des Dammes, die schon bis ins Jahr 1938 zurückreiche, beim Bau und bei der Wartung sei nichts unterlassen worden, was überhaupt im Bereich menschlicher Möglichkeiten liege. Die kleineren Erdrutsche in der Gegend seien ungefährlich und einkalkuliert gewesen. Das Abbrechen einer ganzen Bergnase dagegen sei ein völlig unvorhersehbares Naturereignis gewesen."

Einige konservative, romtreue Blätter entwickelten unterdessen eine eigene Katastrophen-Theorie:

„Das Unglück ist keine Naturkatastrophe, sondern ein Sabotageakt.

Von Belluno und Cortina ist es nicht weit nach Südtirol. Und sind Südtiroler nicht im Hantieren von Sprengstoff geübt?" So ihre Mutmaßung.

Dies griffen wiederum deutsche und österreichische Zeitungen auf und wiesen diese Anschuldigungen gegen Südtirol als eine Schurkerei zurück.

Die trüben Fluten von Vajont haben trübe Vermutungen in die Welt gesetzt, dachte auch Enzo Arduino. Er ließ sich nicht beirren, auf seinem Weg zur Wahrheit.

Am gleichen Tag sollte er von sich aus an die Presse gehen: „**Longarone soll neu aufgebaut werden.** Diesen Entschluss haben der zweite Bürgermeister und die Überlebenden des Gemeinderates gefasst", war dann selbst in der *Tiroler Tageszeitung* zu lesen.

Der italienischen Bürokratie konnte die Katastrophe jedoch nicht viel anhaben. Auch war es schwer, die Wahrheit zu verkünden, wenn Rom dies nicht wollte. Diese Erfahrung hatte auch Jesus Christus machen müssen.

„Tand, Tand ist das Werk von Menschenhand“, hatte er das nicht auch verkündet?

Trotzdem stellte Enzo Arduino mit dem restlichen Gemeinderat von Longarone Strafanzeige gegen unbekannt wegen Totschlages. Ein Schritt, den die Bezirksverwaltung in Belluno sofort für null und nichtig erklärte.

„Der Gemeinderat ist nicht beschlussfähig. Die meisten Gemeinderäte sind tot“, so lautete die offizielle Begründung.

Steckte der Präfekt von Belluno dahinter?, mutmaßte Enzo Arduino.

Als nächstes wurden 2000 Flaschen Wasser und Spirituosen, die eine Triester Firma für die Überlebenden gespendet hatte, tagelang in Belluno aufgehalten, weil Zollinspektor Amilcare Zaupa auf Zahlung der Provinz-Alkoholsteuer bestand. Die zerstörten Kommunen hatten natürlich kein Geld.

Auch Enzo Arduino konnte die Getränke nicht auslösen, er hatte seinerseits alles verloren. Bis auf seine Würde und das Gefühl, wieder in einen Spiegel schauen zu können. Nur hatte er keinen Spiegel mehr.

Der Fernseher des Krankenhauses von Belluno lief und lief. Riccardo weigerte sich, in seinem Krankenzimmer zu schlafen, und klebte so dicht vor dem Bildschirm, dass ein Arzt mahnte, er mache sich die Augen kaputt.

„Man möchte erblinden, wenn man diese Bilder sieht“, meinte Riccardo, ohne eine Sekunde der Berichterstattung auszulassen.

Ihn hielt die Hoffnung wach, seine Familie zu entdecken. Bei einem Kameraschwenk. Irgendwie.

Vielleicht kämen Carmela und sein Vater Giuseppe ja aus einem Erdloch gekrochen? Sie würden den Staub von ihrem Festtagsgewand klopfen. Die Mutter würde ihre Perlen richten, der Vater die Geldkrawatte. Sie würden in die Kameras winken und alles wäre wieder gut.

„Vielleicht sind sie ins Kino nach Belluno gefahren? Der fette Dobertini hat sie im ‚Dopolavoro' sicher genervt!", sagte er.

Clara blickte auf ihre Hände und tat so, als ob sie wieder Dreck unter ihren Fingernägeln hervorhole. Es war ihr unerträglich, das Aufblitzen von Hoffnung in dem geliebten Gesicht zu sehen, das mit jeder Sondersendung, jedem Bericht mehr und mehr verfiel.

„Sicher war auch meine Schwester im Kino. Maria betet Elizabeth Taylor an", erneut flackerten seine Augen wie ein Windlicht im Sturm.

„Wenn sie noch leben, dann suchen sie dich!" Dies hatte Clara schon oft gesagt und sagte es einmal mehr, dabei nagte sie mit ihren Zähnen an ihrer Nagelhaut herum.

Mehrmals war Riccardo schon zur Pforte gehinkt.

„Hat jemand nach mir gefragt?", war der Satz, den er seit seiner Rettung am häufigsten aussprach.

„Herr Fontanella, wenn jemand nach Ihnen fragt, rufen wir sofort in Ihrer Station an", rief der diensthabende Pförtner durch den Sprech-Schlitz des Glashäuschens. Sie kannten ihn inzwischen alle. Riccardo brach ihnen das Herz.

Immer neue Katastrophenmeldungen trampelten auf Riccardos Seele herum. Wie ein Schlag trafen ihn die Worte seines „Gebirgsbruders“, Oberstleutnant Eros Ortore vom siebten Alpiniregiment. Er leitete die Aufräumarbeiten:

„Wir können unsere Hilferufe nach Blutplasma, Medikamenten und warmen Decken rückgängig machen. Für die wenigen Überlebenden reichen unsere Vorräte. Das einzige, was wir brauchen, sind Särge. Särge, Bagger und Planierraupen. Wir müssen Massengräber ausheben, damit das heimgesuchte Tal nicht noch verseucht wird.“

Dies war der zweite Schock für all jene, die das Unglück verschont hatte, da sie weit genug davon entfernt gewesen waren.

Doch stündlich trafen nun neue Gelatieri, Pizzabäcker, Stahlwerker, Bergleute, Bauarbeiter und Autobauer ein. Leute, die das Wirtschaftswunder im Norden antrieben. Die meisten kamen aus Deutschland.

Gestandene Kerle, auch solche, die bei VW eine Autotür einarmig herumwuchten konnten, brachen in ihrer alten Heimat zusammen. Es gab sie nicht mehr.

Zwar hatten sie die Berichterstattung verfolgt, doch es war ein anderes Gefühl, das Haus, in dem man geboren und aufgewachsen war, zu suchen und dann nicht einmal mehr genau zu wissen, wo es gestanden hatte.

Ein weiterer Schlag in Riccardos Magengrube waren Zahlen, die die Bergungsleistelle der amerikanischen Nato-Einheit in Verona vorlegte:

„Von den rund 1400 Einwohnern von Longarone sind 1360 ums Leben gekommen. Von den 150 Häusern des Städtchens stehen noch acht.

Von den rund 2900 Menschen, die sich in der Katastrophennacht im Vajont-Tal und im Piave-Tal aufhielten, sind 2200 ums Leben gekommen.

In den Dörfern Casso und Erto oberhalb des Staudammes werden weitere Erdrutsche befürchtet. Die Präfektur in Belluno hat die Gefahr neuer Erdrutsche jedoch dementiert."

Es war eine neue Dimension, das Unfassbare in Zahlen zu packen. Zahlen schufen Realität. Wieso kam dieser Bericht von den Amerikanern und nicht von einheimischen Behörden?, fragten sich Clara und Riccardo. Wollte Italien das Ausmaß der Katastrophe verschleiern? Geheim halten, vor Menschen wie ihnen?

Ein Unglück bringt das Beste und das Schlechteste im Menschen zum Vorschein, dachte Clara bei sich.

Dann erschien Maria. Riccardo hatte sich kurz vom Bildschirm gelöst und rauchte am Fenster eine Zigarette, seine zwanzigste an diesem Tag, als er sie auf dem Fußweg zur Eingangshalle erspähte. Ihr energischer Gang, das sommergelbe Kleid, die Hochsteckfrisur, der schmale Nacken, ihr klassisches Profil – es war seine Schwester. Eindeutig.

„Maria, hier bin ich!", schrie Riccardo und fuchtelte wild mit den Armen. Als sie ihn nicht bemerkte, rannte er los, nicht daran denkend, dass sein Körper noch nicht zur Eile geschaffen war.

In der Eingangshalle fiel er ihr vor die Füße. Und sie mit ihm. Sie kreischte erschrocken, dann wimmerte sie nur noch.

Herbeieilendes Personal und Besucher halfen den Gestürzten auf die Beine.

Eine fremde junge Frau starrte ihren Belästiger mit weit aufgerissenen Augen an. Sie blutete am Ellenbogen.

„Der Kerl ist nicht normal“, schimpfte sie, während man Riccardo mit einem Rollstuhl hastig fortbrachte.

Er sollte seine Schwester noch öfters sehen. Ihre Hochsteckfrisur, ihr sommergelbes Kleid, ihr klassisches Profil.

„Ich muss sie suchen, sonst werde ich wahnsinnig“, sagte er zu Clara, die sofort abmarschbereit war. Viel zu packen gab es nicht. Zwei Kleider, die sie vom Roten Kreuz erhalten hatte, wickelte sie in das weiße Betttuch, das sie von ihrem Krankenbett abzog. Ihre Hochzeitsunterhose, ihre rote, wickelte sie in Zeitungspapier ein. Sie roch inzwischen modrig und war schwer, wie ein toter Fisch.

Der Oberarzt wollte sie nicht gehen lassen.

„Da wäre das Problem mit der Bezahlung“, sagte er und rief einen Beamten von der Verwaltung hinzu, der streng durch dicke Brillengläser schaute. Clara erinnerten seine Augen an Glasbausteine.

„Wir sind aus den Trümmern unserer Wohnung hervorgezogen worden. Was erwarten Sie?“, wollte Riccardo wissen.

„Eine schriftliche Bestätigung Ihrer Krankenkasse oder Bargeld“, so die Glasbausteine energisch.

„Wir sind Überlebende von Longarone, wir haben alles verloren“, antwortete Riccardo.

„Wir sind hier in Belluno und ohne Kostenübernahme gehen Sie nicht“, die Glasbausteine näherten sich Riccardos Gesicht.

„Dann segle ich von Ihrem Dach. Aber zuvor gebe ich der Pressemeute, die immer noch in Ihre Hecken pisst, ein Interview“, konterte Riccardo.

Nur Minuten später verließen er und Clara das Krankenhaus.

Der Pförtner bekam feuchte Augen, als er sie so ziehen sah. So gebrochen, so jämmerlich. Er hatte dem Mann mit den tastenden Schritten eine Krücke aus der Chirurgie gegeben, die vor seinem Glaskasten vergessen worden war. So viel Nächstenliebe musste sein.

Clara und Riccardo schlugen sich zu Fuß zu ihrer Mutter durch nach Peron. Obwohl er schlecht vorankam.

Dort begegnete ihnen ein Engel. Er hatte weder Flügel noch ein engelsgleiches Gesicht. Er hieß Giovanni Mas, sah aus wie ein Bär und war stolzer Besitzer einer Werkstatt, einer Tankstelle und des einzigen Taxis im Ort. Es stand immer vollgetankt vor seiner Werkstatt, wo er auch wohnte. Das war sicher der Grund, wieso er immer nach Benzin, Bremsflüssigkeit und Schmieröl roch – und ein bisschen nach einem Bären.

Clara hatte ihn als kleines Mädchen „Herr Auto“ genannt. Kinderlogik, denn er besaß lange das einzige Auto in Peron. Der haarige Kauz war der Dorfjugend jedoch unheimlich gewesen. Ihre Mutter hatte sich seine Fahrdienste sowieso kaum leisten können.

Meist hatte seine Kundschaft in das putzige Longarone gewollt. Dort gab es städtisches Treiben, hübsche Cafés, einen Park, ein wenig Barock, eine Bibliothek, den Bahnhof, die Behörden.

Doch wer wollte jetzt da noch hin?

„Ich will nach Longarone, habe aber kein Geld“, sagte Riccardo.

„Was willst du dort? Sie warnen vor Seuchen!“, brummte Giovanni Mas.

„Ich muss meine Familie finden“, sagte Riccardo, in eine Handfläche pustend. Die Krücke hatten Blasen hinterlassen.

„Lass die Toten ruhen.“

„Das kann ich nicht“, seufzte Riccardo.

„Vielleicht sind sie seit Tagen tot. Es wird schlimmer, als du glaubst. Junge, ich war im Krieg“, schalt Giovanni und machte Anstalten, sich in seine Werkstatt zurückzuziehen.

„Wie soll ein Mensch je wieder zu sich selbst finden, wenn er keine Gewissheit hat? Wie soll er heil werden, wenn seine Wunden offen bleiben?“, rief Riccardo ihm nach.

Giovanni Mas kratzte nachdenklich sein stoppeliges Kinn und zupfte an seiner knolligen Nase herum. Dann verschwand er in der Werkstatt und kam mit einem alten Blecheimer und einem schweren Schlüsselbund wieder hervor. Er sperrte Tankstelle und Werkstatt ab.

„Wir fahren!“, rief er, ohne Anstalten zu machen, sein Hemd zu wechseln. „Aber lass deine Frau daheim. Nimm dafür Wasser, Alkohol und alte Tücher mit. Einen Eimer habe ich schon“, sagte er, hielt ihn hoch und rasselte dabei mit den Schlüsseln.

„Einen Eimer, Alkohol, alte Tücher?“ Riccardo hielt den Kopf schräg und zuckte verlegen mit den Schultern.

„Mein Gott, Eismacher, du hast noch nie eine Leiche gesehen. Die kommen wohl in deinen Zutaten nicht vor?“ Giovanni Mas lachte dröhnend.

Wie konnte die Vorsehung ihnen einen Kerl schicken, der weder auf seinen Geruch noch auf sein Aussehen irgendetwas gab? Einen, der sich über Verstorbene lustig machte? Vor deren Angehörigen! Dieser „Herr Auto“ war wirklich das Letzte. Clara konnte es kaum fassen, während ein Gefühl in ihrem Bauch ihr sagte, dass dieser haarige, schmuddelige und unflätige Kerl genau derjenige war, mit dem man eine Hölle durchqueren konnte. Und genau dort wollten sie hin.

„Ich komme mit. Ich bestehe darauf. Ich habe geträumt, wo wir sie finden“, sagte sie mit fester Stimme.

Dann riss sie das Betttuch in Fetzen. Schlechter Stoff, Massenware für Krankenhäuser.

„Und ich habe alte Tücher“, sagte sie.

So war es abgemacht.

Longarone, Belluno, Frankfurt, 16. Oktober 1963 bis 12. April 1964

Es gab noch Momente der Hoffnung. In den Trümmern eines Hauses hatten Alpinisoldaten zwei kleine Kinder gefunden, die sich eng umschlungen hielten. Sie hatten vier Tage ohne ernsteren Schaden überstanden.

In einem Wald in der Nähe des Staudammes war eine Militärpatrouille auf zwei aus Pineda stammende Familien mit insgesamt elf Personen gestoßen. Man hatte sie bereits für tot gehalten.

Eine aus Longarone gebürtige Frau, die hochschwanger von den Amerikanern aus der Luft gerettet worden war, entband ein gesundes Kind. Die Weltpresse juchzte auf: „Das Leben geht weiter in Longarone."

Nach all den verstörenden Berichten wurde man des Leides überdrüssig.

Doch die Headline war eine Lüge, eine doppelte Lüge: Das Kind wurde im Krankenhaus von Belluno geboren und Longarone war so fern von jeder Vorstellungskraft, dass man sich dort auf einem anderen Planeten wähnte.

Nur die Berge waren noch vertraut. Sie hatten, bis auf diesen Monte Toc, standgehalten, blickten auf dieses Menschheitsdrama aber scheinbar mit Hochmut.

Vielleicht hatte Dante gescherzt, als er die Hölle beschrieb, dachte Riccardo, als sie sich seiner Stadt näherten. Longarone war die Hölle. Doch anders als bei Dante gab es dort keine Chance zur Läuterung. Nichts, was Sünder reinwusch. Auch nichts, was einem Teufel gefiel.

Longarone sah aus, als hätte der Schöpfer sein Werk auf den Moment nach der Lichtwerdung zurückgedreht: ein biblisches Tohuwabohu, wüst, öd und hoffnungslos. Ein von Trümmern und Geröll zerfurchter schleimfarbiger Morast, der nach Verwesung roch. Vereinzelte Wirrnisse aus zersplittertem Holz, geborstenen Mauern, geknicktem Stahl. Nur die toten Tiere und verstümmelten Leichen ertrunkener und erschlagener Menschen hatte man schon weggeschafft.

Noch vor wenigen Wochen hatte sich ein anderer Strom durch das Tal des Piave gewälzt: die Flut der deutschen Touristen, die zwischen Nord und Süd gependelt waren. Zunächst begeistert von den stolzen Bergen, der guten Luft, dann begeistert von Venedig, der Königin der Adria.

Herr Auto hatte Clara und Riccardo von Peron in die Nähe von Longarone gebracht, so weit es ohne Straßen halt ging.

Riccardo insgeheim noch voller Hoffnung, sein Elternhaus, ja, Überlebende zu finden.

Wenn kleine Kinder tagelang unter Trümmern überlebten, könnte Gott doch auch bei den Fontanellas eine Ausnahme gemacht haben? Seine Familie war robust.

Sicher wäre auch Carmelas Hochzeitskiste auffindbar. So ein zentnerschweres Ding aus Eichenholz, noch beschwert mit ihren Koffern, diese prall von der Ausbeute einer ganzen Saison. Der besten Saison seines Lebens.

Die Rechnung des Krankenhauses könnte er damit leicht begleichen. Der Verwaltungsdrache mit den Glasbausteinaugen hatte sie ihm beim Hinausgehen in die Hand gedrückt.

Doch wo suchen? Er drehte sich um 180 Grad, fand keinen Anhaltspunkt. Nicht einmal mehr Grundmauern standen.

„Was bleibt mir, wo selbst die Erinnerung der Steine fehlt?“, schluchzte Riccardo und sank mit den Knien in den Schlamm, wo er sein Elternhaus vermutete. Er hatte den Standort am Bergpanorama bestimmt.

Clara zerrte ihn hoch. „Die Bilder in deinem Kopf. Sie bleiben. Und ich bleibe!“, sagte sie und küsste ihn mitten auf den verrotzten Mund.

Sie fanden ein paar Gleise, sie waren aus den Schwellen gerissen, manche um 90 Grad verbogen. Absurde Spaghetti aus Stahl, die in den blauen Himmel ragten. Nur wenige Stunden vor dem Unglück waren sie auf diesen Gleisen in die Stadt gekommen. Hatten in der schmucken Bahnhofshalle, die es nicht mehr gab, Menschen umarmt, die es sehr wahrscheinlich auch nicht mehr gab.

Die Holzbarone hatten in Gründerzeit-trifft-auf-Jugendstil investiert, einen Bahnhof schick wie ein Theater entstehen lassen.

Welche Monsterkräfte benötigt es, um einen Bahnhof, Eisenbahnen, Güterwaggons, Brücken, Kirchen und eine ganze Innenstadt zu stehlen?

Bagger und Planierraupen hatten eine Schneise durch die Trümmerlandschaft geschlagen. Eine Art Ameisenautobahn – angesichts der Katastrophe schienen die Menschen zu schrumpfen und wuselten schwarz gekleidet darauf auf und ab. Schweigend.

Überhaupt war die Abwesenheit von Geräuschen an diesem vormals so lebendigen Ort bedrückend. Eine

Totenstille, die einen anbrüllte, sie schmerzte – nicht im Trommelfell, aber im Herzen und im Hirn.

Manche Gestalten schleppten schwere Koffer mit sich herum. Ihre Gesichter ein einziges Fragezeichen. Das waren die besonders tragischen Fälle: Gastarbeiter, die gerade aus der Fremde heimkamen und nichts mehr vorfanden. Viele brachen zusammen.

Die Berichterstattung war aufgeregt, ja reißerisch gewesen. Aber das Grauen, das sie jetzt erfasste und niederdrückte, ließ sich nicht in Worte fassen, nicht in Schlagzeilen pressen.

Die Energie des Ortes war gespenstisch. Für Clara schienen die Menschen noch über den Plätzen zu schweben, an denen sie gestorben waren. Als hätten sie schwarze Löcher in der Atmosphäre zurückgelassen. Ein Zittern der Verzweiflung lag in der Luft.

Der Tod hatte viele im Schlaf erwischt.

Die Körper wurden zerstört – schnell wie ein Wimpernschlag. Doch Seelen begriffen nicht so rasch. Konnten sich nicht so überstürzt lösen aus ihren Gehäusen aus Haut, Knochen und Fleisch, die sie bewohnt hatten. Manche achtzig Jahre lang.

Pfarrer im schwarzen Ornat huschten an ihnen vorüber. Sie wollten Trost spenden, letzte Ölungen erteilen, Toten das Kreuzzeichen auf der Stirn machen. Doch es wurden kaum noch Opfer gefunden. Auch wollte keiner der stummen Spaziergänger auf dieser Autobahn des Schreckens mit ihnen sprechen.

Der explosive Druck der Wassermassen hätte die Körper mit dem Erdboden verbacken, „quasi einzementiert“, hatte ein Journalist zu schreiben gewagt. Clara strauchelte bei dem Gedanken, sie gehe über einen verfestigten Brei aus toten Menschen.

Irgendjemand hatte Särge abgeladen, sehr viele Särge, eilig zusammengezimmert. Wie schwarze Waben standen sie dicht beieinander entlang der Autobahn des Schreckens. Holzkreuze ohne Namen lagen zu großen Hügeln aufgeschüttet.

In Clara brannten sich unglaubliche Szenen ein:

Ein junges Paar, die Frau hielt ein weißes Bündel im Arm. Es schien ein Baby zu sein. Der Mann trug einen leeren Vogelkäfig und rief ständig „Peco, Peco“. Dabei schnalzte er mit der Zunge, um diesen Vogel zu locken. Doch in dieser Ödnis gab es ganz sicher keine Haustiere mehr.

„Manche überleben eine Katastrophe, um dann wahnsinnig zu werden“, hatte Clara in einer Zeitung im Krankenhaus gelesen.

Sie sahen eine junge Frau in einem Brautkleid, ihr Gesicht von einem weißen Schleier verhüllt. Mit hochhackigen Schuhen stand sie inmitten von Trümmern. Neben ihr ein Bräutigam, auch er im feinsten Zwirn. Die Braut warf ihren Brautstrauß, rote Rosen, mit Efeu kunstvoll umwunden, sie landeten im Dreck. Die Braut weinte, der Bräutigam schnäuzte sich in sein feines Einstecktuch.

Hatten sie eine Hochzeitsgesellschaft geladen, die geschlossen vernichtet worden war?

An was würde sich dieses Paar erinnern, wenn es seinen zwanzigsten Hochzeitstag beging?, fragte Clara sich. Was würden sie ihren Kindern erzählen? Wieso tat sich ein Brautpaar so etwas überhaupt an?

Am Ende dieses bisher schrecklichsten Tages seines Lebens begriff auch Riccardo, dass sie in Longarone falsch waren. Dass es dort, wo er mehr als sein halbes Leben verbracht hatte, nichts mehr für ihn gab. Dass nichts mehr an ihn erinnerte. Nichts mehr nach ihm roch. Es wäre sinnlos, auf diesem fremden Planeten weiter nach seinen Liebsten zu suchen.

„Hab ich doch gleich gesagt", brummte Herr Auto. Er begrüßte sie vor seinem Taxi mit Schnaps. Sie nahmen einen kräftigen Schluck direkt aus der Flasche. Noch nie hatte Schnaps Clara so gut getan. Dabei durfte sie gar nichts trinken, in ihrem Zustand.

Dann wuschen sie sich mit den zerrissenen Bettlaken, die Herr Auto mit dem Scheibenspritzwasser seines Taxis benässte. Der Staub von Longarone hatte sie in groteske Gipsfiguren verwandelt, sich in jeder Ritze festgesetzt, selbst ihre Augenbrauen und Wimpern sahen aus wie mit schmutzig weißer Kreide getuscht.

Am schlimmsten in Longarone nach der Stunde Null waren drei Dinge, würde Clara später sagen: „diese Stille, die einen innerlich anbrüllte, dieser klebrige Staub, angereichert von den atomisierten Körpern der Toten, und dieser Geruch".

Das mit Claras Zustand änderte sich schnell. Sie wachte in der Nacht in einer Blutlache auf mit stechenden Bauchschmerzen. Im Morgengrauen fuhr Herr Auto sie nach Belluno ins Krankenhaus.

„Es ist nicht das Schlechteste, dass Ihr Körper die Leibesfrucht abstieß", sagte ein Gynäkologe. „Nach all dem, was Sie erlebt haben, wäre das Kind vielleicht behindert", gab er zu bedenken.

Clara hatte kaum noch Tränen. Auch Riccardo nicht.

Dann wies man sie auf das Problem mit der Bezahlung hin. Die alte Rechnung sei noch nicht beglichen. Und was gedenke man mit der neuen zu tun? Ein Krankenhaus sei kein Selbstbedienungsladen.

„Glauben Sie, unsere Unterlagen von der Krankenversicherung wurden inzwischen irgendwo angeschwemmt?", fragte Riccardo zerknirscht.

Könne niemand von der Familie die Kosten hinterlegen?, wollte man wissen.

„Meine Familie ist verschollen und mit ihr mein Elternhaus. Auch unsere Wohnung in Pirago wurde weggerissen! Sie können eine Rechnung schicken. Dummerweise steht aber auch das Postamt nicht mehr." Riccardo wurde laut.

Es war Herr Auto, der die Kosten für den Frauenarzt beglich. Auch die alten Ausstände. Aus einer Werkzeugtasche kramte er dicke Bündel mit Lirascheinen hervor, sie waren mit Dichtungsringen zusammengehalten.

Clara wollte keine Minute mehr in diesem Krankenhaus verbringen. So nahm Herr Auto die Schmerzverkrümmte mit.

„Kinder, eure Liebe ist jung. Ihr werdet noch mehr Kinder zeugen. Fangt bald damit an", tönte er auf der Rückfahrt.

Solche Holzhammerwitze blieben nicht wirkungslos. Clara spülte sie mit einem weiteren Schluck Schnaps hinunter und fühlte sich bald etwas besser.

Riccardo stellte seine Suche so lange zurück, bis Clara wieder gut auf den Beinen stand. Diese Katastrophe, die alles zerschlagen hatte, schien ihre Liebe stärker zu machen.

„Ich bin nicht mehr guter Hoffnung, aber ich habe die Hoffnung in uns nicht verloren“, sagte Clara zu ihm.

„Wenn du deine Familie wirklich finden willst, müssen wir dorthin, wo sie die Unfrischen lagern“, sagte Herr Auto zu Riccardo.

„Die Unfrischen? Lagern?“ Er hob die Augenbrauen.

„Verdammt, Gelatiere, wo würdest du Leichen stapeln? Doch sicher in deinem Eiskeller?“

So fuhr Herr Auto sie noch einmal in das Krankenhaus von Belluno, dann nach Feltre und noch weiter.

„Wir haben keine Toten von der Sintflut“, sagte ein Arzt in Padua.

„Kliniken lagern nur Tote, die dort versterben. Kein Opfer der Sintflut ist bei uns verstorben. Entweder haben sie überlebt oder waren sofort tot.“

So eindeutig war diese „Sintflut“ also gewesen. Sie hatte keine halben Sachen gemacht. Doch von einer Sintflut zu sprechen, war gefährlich, bedeutete dies doch auch, Gott den schwarzen Peter an der Misere zuzuschieben.

Clara und Riccardo würden in Zukunft häufig das Wort „Sintflut“ hören. Meist aus dem Mund von Beamten, Angestellten beim Staat oder Ingenieuren, die bei der Schuldfrage einem nie in die Augen blickten und zur Ablenkung gerne in Richtung Himmel gestikulierten.

„Jetzt kommt der mieseste Teil unserer Odyssee: die öffentliche Leichenschau“, rief Herr Auto seinen Fahrgästen zu.

Welche Sünden hat ein Mann begangen, der seine Familie in Leichenhallen zusammensuchen muss?

Clara hatte geträumt, dass sie Carmela in Longarone fänden. Doch dort war sie nicht. Sie fanden sie jedoch nicht weit davon entfernt.

„Die Bergziege ließ sich nicht aus ihrem Revier vertreiben“, sagte Herr Auto, der sie flüchtig gekannt hatte.

Hinter dem Trümmerfeld hatte das Rote Kreuz eine provisorische Leichenhalle errichtet. Man hatte mehrere Container verbunden und diese sogar zu kühlen versucht.

Carmela sah so aus, dass Riccardo sie sofort erkannte. Doch es war schrecklich, sie zu finden.

Sie hatte die Augen geöffnet und ihre wächsernen Pupillen starrten das Grauen, das über sie hereingebrochen war, immer noch an.

Ihre Hände waren wie Krallen in ihren Haaren. Entweder hatte sie ihre neu geschenkten Haarkämmchen festhalten wollen, die nun aber verschwunden waren, oder sie hatte sich im Sterben die Haare gerauft.

Ihr Mund war geöffnet, so als ob sie dieses Grauen ewig anschreien würde.

„Sie war eine Kämpferin. Sie hat mit der Flutwelle gerungen und ‚verpiss dich!‘ zu ihr gesagt“, meinte Herr Auto später dazu.

Dieser zweifelhafte Humor half Riccardo jedoch, seine Mutter als Kämpferin in Erinnerung zu behalten, die diesem Tsunami getrotzt hatte.

Clara machte Carmelas Anblick unendlich traurig. Würde man ihre Schwiegermutter in alle Ewigkeit in dieser medusenhaften Kämpferpose belassen?

Sergio fanden sie am nächsten Tag am gleichen Ort. Nachdem Riccardo seine Mutter identifiziert hatte, hätte er nicht mehr ertragen, noch weiteren Toten ins Antlitz blicken zu müssen. Manche grausam entstellt.

Einigen hatte der explosionsartige Wasserdruck die Haut vom Körper gerissen.

Riccardos jüngster Bruder wirkte recht unversehrt, so als hätte er sich nackt gesonnt. Die Wasserwalze hatte ihm die Kleider vom Leib gerissen.

Wahrscheinlich hatte es ihn im Freien erwischt. Vielleicht hatte er gerade das Elternhaus verlassen, um sich in das „Dopolavoro“ aufzumachen? Sergio war 16 Jahre alt geworden.

Dann suchten sie gezielt nach Giuseppe, ergebnislos. Vor jeder Leichenhalle, ob provisorisch oder offiziell, standen freiwillige Helfer, die den „Leichenschnüfflern“, wie manche die Angehörigen heimlich nannten, Schnaps anboten.

In den Hallen hielten Clara und Riccardo mit Schnaps getränkte Tücher vors Gesicht, der süßlich-beißende Geruch war unerträglich. Dann roch man für den Rest des Tages nach Schnaps und nach Tod.

Herr Auto nahm fortan einen großen Wasserkanister mit und man wusch sich über dem Blecheimer. Der diente jedoch auch dazu, den Mageninhalt von seinem Taxi fernzuhalten, wenn einem auf der Rückfahrt von einer Leichenschau mal wieder der Schnaps hochkam.

Am Tag zehn nach Beginn ihrer Suche träumte Clara, ihr Schwiegervater schwämme Richtung Mittelmeer. Nur war Giuseppe in diesem Traum quicklebendig und schwamm und tauchte behände wie ein Flussdelphin. Schließlich waren die Männer im Holz ja einst stark mit dem Fluss verbunden, manche waren sogar Flößer geworden.

Und hatte Giuseppe bei diesem denkwürdigen Ausflug zur Staumauer im letzten Winter nicht zu Clara gesagt: Wenn sie zurückkäme, hätte der Piave ihn vielleicht schon in die Bucht von Venedig gespült?

Nun hatte die Stadt Belluno sich einen Trick ausgedacht, um die vielen Flussleichen zu bergen. Das galt für Mensch und Tier.

Man beauftragte Fischer damit, Netze über den Fluss zu spannen. Körper, die sich nicht in den Netzen verfingen, hinderte man mit noch ungewöhnlicheren Mitteln an einer letzten Reise bis in die Lagune: Man harpunierte sie!

Einige Katastrophenopfer, meist Kinder, deren Körper klein und leicht waren, kamen jedoch so weit, dass sie Venedig-Touristen erschreckten.

Durch Claras Intuition fanden sie Giuseppe dann flussabwärts. Schon weit hinter Belluno. Bei den Herausgefischten. Ob man ihn harpuniert hatte, war nicht mehr auszumachen. Es wäre Riccardo auch egal gewesen, so glücklich war er, den Vater gefunden zu haben.

Er hatte bei seinem Ritt durch die Wellen stark gelitten. Riccardo glaubte aber zu erkennen, dass er friedlich gestorben sei. Seine Augen waren geschlossen, seine Gesichtszüge nicht verzerrt.

Hatte er geschlafen, als das Wasser kam?

„Sicher hat der fette Dobertini ihn so genervt, dass er frühzeitig nach Hause ging“, mutmaßte Riccardo. Er war so gestorben, wie er gelebt hatte, als ein freier Mann.

Dann stockte ihr „Unternehmen Leichenschau“, wie es Herrn Auto zu nennen gefiel.

„Andere fahren zur Arbeit, ihr beglotzt Tote. Und diese werden nicht schöner mit der Zeit. Wollte ihr euch nicht ein anderes Hobby zulegen? Wie wäre es mit Sex?“, fragte er eines Morgens.

Da hatte er sie schon einen Monat lang herumkutschiert. Und er sah, dass seine Fahrgäste verfielen. Die Schnäpse ruinierten Riccardos Magen. Er hatte schon mehrmals erbrochen. Auch blutig.

Was Herr Auto nicht wusste, war, dass Riccardo auch als Liebhaber krank geworden war. Nachts lag er wie ein Toter neben seiner schönen jungen Frau, die sich nach seiner Zärtlichkeit sehnte. Doch die Leichenschau hatte jedes Gefühl für Sinnlichkeit in ihm zerstört. Gut, er hielt noch Händchen auf dem Rücksitz des Taxis, hatte Clara sogar umarmt, als sie sich geweigert hatte, noch eine einzige Leichenhalle zu betreten.

Doch wie könnte er je wieder irgendetwas genießen, nach all dem? Wie könnte er je wieder wirklich Lust empfinden und eine Frau begehren, obwohl er Clara von Herzen liebte?

Clara und Riccardo wollten schon aufgeben. Dann fand er Ambrogio. Zumindest erkannte er dessen vergoldete Uhr, die Maria, die Großzügige, allen Brüdern geschenkt hatte. Der dazugehörige Körper war grausam entstellt. Glich eher einer Sumpfkröte als einem Menschen. Trug dieses aufgedunsene Wesen eine Geld-Krawatte? Sie war schmutzig verkrustet und verdreht.

Aber Ambrogios Geldbörse gab es noch! Sie war nicht geplündert worden, wie die Geldbörsen so vieler Opfer. Eine Katastrophe bringt das Beste und das Schlechteste im Menschen zum Vorschein, auch dafür war das Unglück von Longarone eine Lehranstalt.

Zwischen Lira-Scheinen und Francs fand Riccardo eine Telefonnummer. Sie war noch zu entziffern, da sie dick mit Bleistift geschrieben worden war.

Riccardo rief sie in der gleichen Nacht noch an. Es meldete sich ein Mädchen namens Ginella: Ambrogios neue Flamme aus dem Zoldo-Tal.

Sie sei an diesem Abend im Kino von Belluno gewesen, piepste sie fast kindlich. Diese Unschuld regte Riccardo auf.

„Hättest du das nicht getan, würde Ambrogio sicher noch leben. Er wollte dich noch in dieser Nacht besuchen“, sagte Riccardo zu dem dünnen Telefonstimmchen.

„Wie kannst du so einem jungen Ding ein so schlechtes Gewissen machen, vielleicht ein Leben lang“, schalt Clara ihn.

Doch Riccardo hatte keine Nerven mehr. In dieser Nacht erlitt er einen Zusammenbruch.

Wieso sollte er überleben, nur um alles verloren zu haben: das Elternhaus, die ganze Familie, seine Freunde, seine Existenz, seine Lust am Leben, ja, sogar seine Lust auf seine Frau? Die Katastrophe von Longarone war eine Verlustrechnung auf ganzer Linie.

Tatsächlich war ihre finanzielle Situation desolat. Sie konnten nicht ewig auf den Taschen von Claras Eltern liegen und sich von Herrn Auto ständig einladen lassen.

Die schnelle Hilfe, die Antonio Segni zugesagt hatte, ließ auf sich warten. Weder hatten die Überlebenden von Longarone bisher Geld erhalten, noch genügend anderweitige Unterstützung, zumindest aus Rom. Oder gab der herrschaftliche Verwaltungsapparat einfach noch keine Mittel frei?

In Rom zierte man sich vor der Schuldfrage. Die Energiegesellschaft ENEL bestritt weiterhin alles. Man sprach politisch motiviert nur noch von der „Sintflut“.

Dabei campierten manche der Überlebenden noch im Freien, in Zelten oder in Holzbaracken, die die Alpini und Amerikaner errichtet hatten. Und dies, obwohl der Winter vor der Tür stand, morgens schon Raureif auf den Zeltplanen glänzte.

Der italienische Staatspräsident schien sie vergessen zu haben. Schien sie womöglich sogar ganz gerne vergessen zu haben, denn in Longarone hatte man ihn brüskiert.

Dann kam die Anordnung, Longarone an einer anderen Stelle aufzubauen. So, als wäre der Ort verflucht. Dann könne man auch verhindern, dass dieses Longarone zu einer Wallfahrtsstätte derer würde, die dem italienischen Staat generell misstrauten.

Wenn dort schon die Erinnerung der Steine fehlte, müsste es doch gelingen, die Erinnerung der Überlebenden abzuschwächen, zu dislozieren durch einen Umzug? Diese sturen Bergesel könnte man doch weiter unten im Piave-Tal ganz neu ansiedeln?

Doch die Menschen von Longarone zeigten einmal mehr ihre Heimatverbundenheit und ihren Mut. Sie waren aus einem besonderen Holz geschnitzt: dem vielleicht besten Holz der Welt, nicht umsonst hielt das eitle Venedig, das von der Qualität dieser Eichenstämme abhing, immer noch den Stürmen des Mittelmeeres stand.

Der Unmut formierte sich. Ausgemergelte Männer schafften mit letzter Kraft Äste und ganze Baumstämme herbei.

Holz gab es in diesen Bergen noch genug. Sie blockierten die Strada d'Alemagna, ein empfindlicher Einschnitt für Reisende auf dem Weg nach Cortina d'Ampezzo.

So lockten sie die Presse erneut herbei, die sich von ihnen abgewandt hatte. John F. Kennedy war erst im November in Dallas erschossen worden, beim „Wunder von Lengede“ hatte man elf eingeschlossene Bergleute in Norddeutschland nach zwei Wochen aus einem unterirdischen Stollen befreit und Martin Luther King hatte in Washington vor mehr als einer Viertel Million Menschen verkündet: „I have a dream!“

Doch auch die „Vergessenen von Longarone“ hatten das Träumen nicht verlernt. Und das Kämpfen.

Sie waren plötzlich wieder gut für Headlines. Pressebilder zeigten zerlumpte, elende Gestalten, die halbe Bäume auf ihren Schultern schleppten, wie Jesus das Kreuz. Manche mit Sandalen im ersten Schnee. So etwas zog! Im Ausland besser als in Italien.

Man zeigte jetzt in Bonn, in Wien, ja sogar im sozialistischen Berlin mit dem Finger nach Rom.

„Männer, die nichts mehr zu verlieren haben, haben schon Weltrevolutionen angezettelt“, war in den *Dolomiten* zu lesen. Aha, die Südtiroler, die Bombenleger, die Sprengstoffpartisanen, wollten wohl Schützenhilfe leisten, vermuteten einige in der Ewigen Stadt. Manches romtreue, konservative Blatt wärmte die Bombenleger-Theorie auch nochmals auf.

Die römischen Senatoren runzelten die Stirn, der Verwaltungsapparat knirschte, bewegte sich dann aber doch. Er wurde listig. Hinterlistig: Jetzt begann die Phase der schnellen Entschädigungen.

Clara und Riccardo bekamen vom „Aufstand der Vergessenen“ nur wenig mit. Sie waren zu vertieft in ihre Leichenschau. Tasteten sich den Rändern des Irrseins entlang. Riccardo drohte hinabzugleiten. Clara drängte, die Suche zu beenden.

Sie hatten vierzig Tage im Reich der Toten verbracht.

Riccardo würde für immer bereuen, dass er seine Schwester nicht fand. Die großzügige Maria, die tapfere „Schweizerin“.

In seinen Träumen besuchte sie ihn jedoch. Schön, heiter und immer sommerlich gekleidet in diesem Sonnengelb.

Auch andere Verwandte spazierten durch Riccardos Kopf:

Lustige Tanten, die ihm wie einem Kind die Wangen tätschelten, angeheiterte Onkels, vorlaute Cousins, hübsche, frühreife Cousinen. Familie zweiten, dritten und vierten Grades. So etwas gab es in den Bergen und man kannte sie alle. Die bunte Festgesellschaft der Koffertombola. Sie war eine Abschiedsfeier gewesen.

Das Staudammunglück hatte achtundsechzig Menschen mit dem Namen Fontanella getötet. Eine ganze Sippe ausgelöscht. Riccardo war der einzige Überlebende.

„Dieses Unglück hat die Fontanellas abrasiert, aber ihr lebt. Macht etwas draus“, gab Herr Auto Clara und Riccardo mit auf ihren Weg.

Er führte sie zurück nach Frankfurt.

Die Stadt war Clara noch fremder geworden, aber besser als ein offenes Grab. Nichts anderes war Longarone für sie gewesen. Eine 19-Jährige hätte besseren Zeitvertreib gewusst, als das Leben von seiner brutalen und hässlichen Endlichkeit her zu betrachten.

Doch Riccardo hatte es beruhigt, in seiner Heimatstadt, die nun nicht mehr war, seine Eltern und zwei

Brüder in geweihte Erde legen zu können. Ihre Gräber waren für Riccardo die einzige Ankerboje zu seinem früheren Leben, das 50 Millionen Liter entfesseltes Wasser vernichtet hatten.

Die Provinz Belluno hatte von Bauern in Fortogna eilig Felder in der Umgebung angekauft und zum „Ehrenfriedhof“ gemacht.

„Der Name ist idiotisch, man könnte meinen, es sei eine Ehre, für diese Staudamm-Gesellschaft verreckt zu sein“, hatte Riccardo geschimpft.

Dennoch war er erleichtert, dass er jetzt wusste, wo seine Familie ruhte. Von den 1.500 schlichten Kreuzen, die auf den Gräbern standen, war die Hälfte namenlos. Die seiner Familie nicht!

Und Carmela und Giuseppe waren jetzt wieder vereint. Wo der Vater sich doch allein nach Venedig aufgemacht hatte.

„Meine Heimat sind die Gräber meiner Familie“, sagte Riccardo auch, als ein deutscher Zollbeamter ihn nach seiner Herkunft fragte.

Bald erschien Clara das Unglück nur noch wie ein böser Traum. Einer dieser Träume, die sie mit Autosuggestion zu beherrschen versuchte. Zumindest zu lindern in fast jeder Nacht.

Riccardo funktionierte nach Außen, er war der eloquente Chef der Eisdiele, aber das Eis in seinem Inneren war dünn. Es trug nicht. Clara traute ihrem Mann nicht über den Weg.

Vor ihrer Rückkehr nach Deutschland hatte es Momente gegeben, wo Clara voller Angst gewesen war, Riccardo würde sich etwas antun.

Hatte er doch einmal verkündet, sich von der Staumauer stürzen zu wollen. Dann stürbe er wie seine

Familie an „diesem Scheißding". Clara solle „Ein Familienschicksal" auf seinen Grabstein schreiben.

„Ich schreibe ‚Ein Idiot, der seine Frau zu wenig liebte, um bei ihr zu bleiben'", hatte Clara geschrien.

Herr Auto hatte sie dann hinaufgefahren nach Vajont. Der Bergrücken des Monte Toc war fast über drei Kilometer abgerutscht und erhob sich jetzt hinter der Staumauer wie ein zweiter Berg, genau dort, wo der riesige See gewesen war. Wie eine Sprengbombe hatte der „wandernde Berg" dessen Inhalt verdrängt, der sich über das Piave-Tal ergossen hatten.

Der Berg im ehemaligen See sah einem riesigen Teigbatzen ähnlich mit seiner lehmigen Erde. Herrn Auto erinnerte er an einen Gugelhupf in einer Backform. So albern sah er also aus, der Massentod.

„Und? Springst du jetzt, Riccardo?", provozierte er. „Falls ja, dann heirate ich deine Clara, denn Schwarz steht ihr gut!"

Das hatte Riccardos Selbstmitleid beendet. Vorerst beendet. Doch in Frankfurt gab es keinen Herrn Auto mehr, der ihren traumatisierten Mann noch zum Lachen gebracht hatte. Und sie.

„Ich versteh gar nicht, wieso sie so riechen, wenn sie doch so lange gebadet haben", hatte er zu Clara gesagt, nachdem sie nach ihrer ersten Wasserleiche in Tränen ausgebrochen war.

Fortan hatte Clara gewusst, dass man so etwas wie Longarone nur mit Humor überleben kann. Innere Stärke reichte da nicht. Mit einem dreckigen Humor, so dreckig, wie dieses Leid. „Besser schmutzig lachen, als unschuldig weinen", hatte dies nicht auch ihr Schwiegervater immer gesagt?

Sie hatten sich in Frankfurt in die Arbeit gestürzt, die gewohnten Handgriffe, das Reinigen der Eismaschine, das Vorbereiten der Zutaten, die Gerüche nach frisch geschnittenem Obst, nach Pistazienpaste und Bourbon-Vanille, nach Kakao, nach Zimt. All dies suggerierte Sicherheit. Routine half gegen Wahnsinn. Vor allem Riccardo. Er war um jeden Handgriff froh, um jeden Gast, um jede noch so kleine Bestellung, nichts war ihm zu viel.

Doch bald schon verspürte die hellhörig gewordene Clara Erschütterungen in ihrem Mann. Er hatte wieder diesen Longarone-Blick, dieses Ausweglose in den Augen.

Er stand innerlich wieder auf der Staumauer von Vajont, gerade dabei, über die Absperrung zu klettern. Den Stacheldraht zu überwinden.

Nun gab es keinen Herrn Auto mehr, der Riccardo einen komödiantischen Zerrspiegel vorhielt, um ihn so am Leben zu halten. Jetzt war ihr Einfallsreichtum gefragt, das wusste sie.

„Wozu mache ich das alles? Wir werden nicht in Longarone bauen, nie mehr dort zu Hause sein und in Deutschland auch nicht“, sagte er eines Morgens zu Clara. Sein Gesicht so grau wie dieser Staudamm, dachte Clara. Seine Mimik wie betoniert. Jetzt war es offen heraus, sein Leben war ohne Sinn.

„Sei doch in mir zu Hause, Negro“, sagte sie zu diesem Hoffnungslosen, der nicht recht verstand.

Es war einer dieser Tage, wo sich das Wetter in Frankfurt nicht zwischen Winter und Frühling entscheiden konnte. Ein windiger Regen prasselte gegen die Scheiben, niemand kam in das „Cortina“, keine einzige Menschenseele wollte Eis. Kein Börsianer einen schnellen Schnaps.

„In dir zu Hause sein? Was soll das bedeuten?“, fragte Riccardo grüblerisch.

Seine Miene hellte sich erst auf, als Clara ihre weiße Schürze aufknöpfte, langsam aufknöpfte und das wenige auszog, das sie darunter anhatte.

Die rote Unterhose flog durch den Raum und landete auf der Gefriertruhe. Ein Relikt aus einer anderen Welt, wo doch dieser karge, weiß gekachelte Nutzraum zur Liebe gar nicht geschaffen schien.

Doch Clara war entschlossen. Sie verführte ihren Mann. Nach Strich und Faden verführte sie ihn. An einem Regentag, in der Eisküche, halb im Stehen. Die könnte einen Mann noch auf dem Totenbett verführen, dachte ihr Mann zwischen Erstaunen und wachsender Begierde.

Die Eismaschine brummte, die Eiskelche aus Murano klapperten in der Spülmaschine. Die Melodie einer Eisküche, die das junge Paar noch um ein paar Tonlagen ergänzte. Beide waren vom Fach.

Dabei bewies Clara eine Gelenkigkeit, die sich Riccardo einprägte.

Sagte Clara doch in der gebotenen Zeit zu ihm:

„Negro, ich bin wieder guter Hoffnung, mit unserem Hoffnungskind.“ Das war an einem 12. April. Es war ein guter Tag.

III.

Germersheim, Juli 1969

Caroline Sperling war froh, an einem großen Fluss geboren worden zu sein. Was sollte ein Mädchen auch denken, das zu Motorgeräuschen von Schiffen einschlief? Von Frachtschiffen, die gegen die Strömung ankämpften, ihre Bäuche mit Kohle, Kies, Containern oder Heizöl gefüllt. Fuhren sie in Richtung Karlsruhe, klangen sie zornig. Fuhren sie Richtung Speyer, im weitergedachten Sinn in Richtung Nordsee, tuckerten sie nur fromm.

Erwachte Caroline nachts, gab das dumpfe Gewummer der Dieselmotoren ihr Sicherheit, sofern der Wind vom Ufer her blies.

Egal, wie düster es war, dort draußen war der Fluss. Ihr Fluss und die zentrale Lebensader der ganzen Region. Seit Menschengedenken war das schon so gewesen, so hatten die fetten Salmen, so hießen die Lachse hier, manchen Fischer zwar nicht reich gemacht, aber ganz gut ernährt und einige Goldwäscher hatten es mit diesem mühsamen Handwerk in den Sandbänken zumindest zu bescheidenem Wohlstand gebracht. Nicht umsonst nannten die Erwachsenen den Fluss ehrfürchtig „Vater Rhein“.

Caroline war sechs Jahre alt, aber sie wusste schon viel vom Wasser. Seit sie aufrecht sitzen konnte, hatte sie ihren Vater beobachtet, wie er mit kreisenden Armbewegungen in einem Paddelboot die Bugwellen durchschnitt. Bald ergänzt durch ein Segelboot, das noch kühner die schnellen, kleinen Wellen anschnitt, die Flüssen zueigen sind.

Wasser beruhigte Caroline, sein Säuseln, der kühle, metallische Geruch, das seidige Gefühl, wenn es durch ihre gespreizten Finger glitt. Das Schreien der Möwen gefiel ihr besser als jedes Kinderlied. Das Wasser war ihr Freund.

Viele Jahre später würde sie mutmaßen, im Fluss oder zumindest in Hörweite des gurgelnden Stroms und seiner fleißigen Schiffe gezeugt worden zu sein. Ihre Mutter, dann eine alte Dame, hatte mit Mädchenkichern angedeutet, dass ein Zelt, kaum größer als eine Hundehütte – sie sprach von einer „Dackelgarage" – oder eine schlichte Wolldecke schon genügt hätten, um mit ihrem Vater sehr glücklich zu sein. Schon vor der Hochzeit.

In der Mangrovenlandschaft des Altrheins konnte man sich gut verstecken.

„Die halbe Stadt wurde dort gezeugt! An Wochenenden standen die Zelte eng wie beim Oktoberfest. Damals wurde man im Elternhaus noch streng überwacht. Offiziell ging man wegen der Stechmücken ins Zelt. Doch ohne diese Blutsauger gäbe es nur halb so viele Germersheimer", würde ihr betagter Vater laut ergänzen. Lausbübisch und ohne Scham. Max Sperling war schon immer ein Fall für sich.

Mit drei Jahren hatte Caroline schwimmen können. Wie hatte sie es gehasst, wenn ihre Eltern ihr am Fluss Schwimmärmel angelegt hatten.

Gut, die Strömung war stark, aber sie wusste bald, wie man sich darin verhielt. Man ließ sich flussabwärts ans Ufer spülen und lief zu Fuß zurück.

So hatte schon ihr Vater als Junge den Sommer verbracht. Am liebsten hatte er Schiffe angeschwommen, dabei waren die Flusskinder eine solche Plage gewesen, dass mancher Kapitän die Planken seines Frachters mit Pech hatte einschmieren lassen, um diese Provinzpiraten vom Entern seines Decks abzuhalten.

Schade nur, dass Carolines neuer Freund, Sergio Fontanella, dem Wasser misstraute. Zwar durfte er nach langem Betteln Caroline in das Schwimmbad nach Bellheim oder an einen der vielen Baggerseen begleiten, die, aus der Luft betrachtet, der Rheinebene so viele blitzende Augen gaben. Nie jedoch an den Fluss.

Sergio war der Augapfel seiner Eltern, ihr einziges Kind. Augenscheinlich fürchteten diese, was den Flussmenschen mitten durch die Seele floss.

„Was verstehen Berg-Italiener schon vom Wasser?“, hatte Max Sperling gebrummt. Riccardo hatte seine Einladung zu einer Bootstour abgelehnt. Brüsk, ohne irgendeine Erklärung anzufügen, wo der Mann sonst doch so ausnehmend höflich war.

Die Fontanellas waren im März 1969 nach Germersheim gekommen. Max Sperling und seine Frau Gabi waren ihre Vermieter und stolz darauf, fortan einen der ersten „Eis-Italiener“ direkt neben sich zu wissen. Das war eine Aufwertung ihrer Straße, auch wenn es schon einen „Eis-Gastarbeiter“ in der Stadt gab. Doch die Familie Bertolini, auch sie Berg-Italiener, würde den Eishunger der aufstrebenden Kreisstadt kaum befriedigen können.

Für Caroline Sperling und Sergio Fontanella war es Liebe auf den ersten Blick. Was machte es schon, dass sie zwei Jahre älter war und ihn um einen Kopf überragte, wenn man gleich am ersten heißen Tag in einer rosa Kinderbadewanne saß? Gemeinsam in einem Hinterhof, dem engen Hof, der die Häuser der Eltern verband. Die dürre Blonde mit ihrem neuen Teufelskerl. Dabei hielt jeder eine Eistüte in der Hand. Ein „Fünferle“, da gab es eine Kugel für fünf Pfennig, von der man wechselseitig schleckte. Hell gegen dunkel, tausche Vanille gegen Schoko, hieß ihr Spiel.

Ihre Eltern teilten sich den verschatteten Hof, eine Jauchegrube, vier Mülltonnen und viele „Hirnfürze“, wie Riccardo die mitunter skurrilen Marotten Max Sperlings beschrieb.

Max Sperling wiederum sprach von „den Italienern“, wobei der Unterton in seiner Stimme verriet, dass auch er beanspruchte, „anders“ zu sein.

Caroline und Sergio störte gar nichts. Wie kann man sich an etwas stören, wenn man in kaum mehr als zwanzig Litern Badewasser den Sommer verbringt? Mit den Knien an den Ohren.

Viele Jahre später würde Sergio von einer Kamasutra-Position sprechen. Caroline war auch das erste weibliche Wesen, das er nackt sah. Zumindest würde er sich damit brüsten, wobei Caroline dann vorgab, sich keinesfalls daran erinnern zu können. Überhaupt, war der Erinnerung eines damals Vierjährigen zu vertrauen?

Sergio war noch in Frankfurt zur Welt gekommen. Wäre er nicht von Anfang an so impulsiv gewesen, hätte es zum Weihnachtskind gereicht. So hatte es Riccardo errechnet, er ihren Liebesreigen in der Eisküche als Tag der Befruchtung festgelegt hatte.

Für seine Eltern war das vorweihnachtliche Knäblein auch so das größte Geschenk gewesen.

„Clara, deine rote Unterhose hat sich vielfach amortisiert“, war ihm als Geschäftsmann dazu eingefallen.

„Und ich will sie immer noch nicht abschreiben", wobei ein süffisantes Grinsen seine Lippen gekräuselt hatte.

Seit Claras Schwangerschaft hatte sich sein Betongesicht allmählich wieder in das Gesicht des Mannes verwandelt, den sie geheiratet hatte, seine Mimik war nicht mehr zementiert in diesem Longarone-Blick.

Es schien ein Jahrhundert zurückzuliegen, dabei hatten sie sich erst vor gut zwei Jahren die Hand zum Bund für das Leben gereicht.

Seitdem war so unendlich viel passiert.

„Ich fühle mich wie eine Überlebende aus diesem Pompeji, regelrecht antik", hatte Clara gemeint.

Tod macht alt, steinalt. Selbst wenn sie erst kürzlich zwanzig geworden war und noch keine markante Veränderung hatte feststellen können in ihrem Gesicht. Keine Fältchen oder so. Doch ihr Ausdruck war ein anderer geworden.

Ihre alte Welt war versunken und ihre neue Welt war nur dieses Kind.

Riccardo hatte beschlossen, es Sergio zu nennen – nach seinem jüngsten Bruder. Clara hatte noch „Speranza" hinzugefügt, wo Speranza doch Hoffnung heißt.

„Du kannst einen Bub doch nicht ‚Speranza' rufen, noch dazu in Deutschland, wo sie sich schon totlachen, wenn einer von uns Eismachern ‚Andrea' heißt", hatte er gewarnt.

So gab es einen Sergio im Außen- und einen Speranza im Innenbereich.

Sergio Speranza schien seinem Namen alle Ehre zu machen. Schon bald schlief er durch. Die Geräusche der ruhelosen Stadt und das blinkende rote Licht hinter den Ritzen der Gardinen störten ihn nicht. Das Hoffnungskind fuhr wie auf einer Mondbarke über das Firmament, unterdessen rangen seine Eltern mit Dämonen. Das sollte Jahre so gehen.

Wer wieder einmal im kalten Schweiß aufschreckte, holte ihn aus dem Kinderbett. Legte das eigene Gesicht neben das pausbäckige, kleine Gesicht und saugte gierig dessen ausgeatmete Luft in sich ein.

Für Menschen, die gelernt hatten, der Nacht zu misstrauen, wurde dieses kaum hörbare Schnaufen zum Überlebenstakt.

„Wenn Speranza etwas passiert, überlebe ich das nicht“, entfuhr es Riccardo nach einer zerfurchten Nacht. Nur dieser Kinderatem hatte ihn einmal mehr gerettet.

„Frankfurt ist nichts für ein Kind. Für ein Hoffnungskind schon gar nicht. Soll es in den Betonschluchten aufwachsen? Lass uns fortgehen!“

Riccardo hatte überlegt, wo man in Deutschland glücklich sein könnte. Glücklich war heillos übertrieben, für so etwas hatte ein Eismacher keine Zeit. Jemand aus Longarone, der wieder am Nullpunkt anfangen musste, schon gar nicht.

Er wollte keinesfalls in die Berge, Berge bargen Gefahren, Lawinen, Muren, meist gab es auch Wasserkraft.

Doch auch an der Küste könnte das Wasser sich bedrohlich gebärden. So hatte die Sturmflut von Hamburg viele Menschenleben gekostet und halb Norddeutschland überschwemmt. In Frankfurt hatten die Menschen lange darüber gesprochen.

„Es müssen mehr Dämme gebaut werden“, war ihnen eingefallen. Doch jemand aus Longarone hatte gelernt, dass selbst ein Damm, der alles aushielt, den Tod bedeuten konnte.

Dann hatte Riccardo eine Idee: Die fröhliche Ereignislosigkeit der Rheinebene wäre ideal!

Er hatte 1959 in Karlsruhe das Handwerk gelernt. Kein Maulwurfshügel störte den Horizont. Zumindest an diesigen Tagen war der nahe Schwarzwald wie ausradiert. Für jemanden aus den Dolomiten waren das nur Erhebungen.

Auch hatte ihm gefallen, wie sich die Geschöpfe der Ebene verhielten: Entspannt, vorausschauend, da sie die Mühsal und Unberechenbarkeit der Berge nicht kannten.

Die Menschen am Rhein unterschieden sich auch von den Frankfurtern. Bewegten sich anders, sprachen anders, zupften nicht so fahrig an schlecht sitzenden Anzügen herum, schielten nicht ständig auf ihre Uhr.

In der Sprache der Flussmenschen schien das Wasser zu säuseln und in ihren Vokalen mäanderte der Altrhein. Fast klang es wie ein Südstaatendialekt aus den Mangrovensümpfen von New Orleans. War die Sprache von Flussmenschen vielleicht ähnlich, fragte Riccardo sich? Bergbewohner krächzten abgehackt und bei Flussmenschen schien eine innere Strömung die Worte zu dehnen. Eine Herausforderung für Fremde, aber ein Eismacher lernt schnell. Und in den Hüften dieser Flussmenschen lag das Wogen der Wellen.

Besonders entspannt waren die Menschen von jenseits des Rheins:

Provinzler aus dem Kreis Germersheim. Sie kamen über die Brücke, um in der badischen Metropole etwas zu erleben. Umso lieber kehrten sie nach etwas Nervenerregung in ihre fröhliche Ereignislosigkeit zurück.

Sie aßen gerne, tranken gerne, lachten gerne, diese Hingabe an die Magie des einfachen Lebens, die er bisher nur von Italien kannte, hatte Riccardos Herz erwärmt. Gelatieri lebten von solchen Menschen.

„Dumme Pfälzerkinder", hatten die Karlsruher die Germersheimer tituliert. Die Verunglimpften hatten die Häme der „Gelbfüßler", wie sie die Linksrheinischen nannten, weggelächelt mit einem Grinsen, so breit wie ihre Pfälzer Vokale. Trugen die sparsamen Linksrheinischen doch diesen Namen, da sie, um Platz zu sparen, in einem Korb befindliche Hühnereier mit nackten Füßen zertreten hätten. Ja, die waren doch nur neidisch, diese Karlsruher mit ihrer konstruierten Fächerstadt, der die pfälzische Gemütlichkeit abging.

Dann hätten die Pfälzer noch das größte Weinfass der Welt gebaut und einen Tanzboden darin errichtet, hatte Riccardo sagen hören. Menschen mit einer derart barocken Lustbetontheit müssten einem traumatisierten Berg-Italiener und seiner kleinen Familie doch gut tun?

Wie ein gutes Omen war Riccardo die Anzeige eines Geschäftsblattes erschienen: „In bester Altstadtlage von Germersheim ein 80 qm Ladengeschäft zu vermieten, dazugehörige 3-Zimmer-Wohnung im Haus."

So also waren die Fontanellas in der Marktstraße gelandet. Hoffnungsfroh. Diese Straße, von zwei Kirchtürmen bewacht und von stündlichem Glockengeläut erschüttert, schien kein Ort für dunkle Mächte zu sein.

Auch wirkte sie lebendig genug, um dort ein Auskommen zu finden. Es gab zwei Bäckereien, einen

Metzger, das „Rebstöckel“, das älteste Gasthaus weit und breit, dessen Gründungsstein auf das Jahr 1588 verwies, ein Elektrogeschäft, eine „Boutique für Sie“, die auch feinere Damen herbeilockte, einen Frisör, ein Geschäft für Zeitungen und Bastelwaren, eine kleine Tankstelle, eine Apotheke, auf deren Bleiglasscheiben eine Äskulapnatter und eine Waage auf die Kunst des Inhabers verwiesen. Selbst ein gemütliches altes Rathaus gab es mit einer Sonnenuhr an der Fassade: „Zähle die heiteren Stunden nur“, ermunterte sie. Jeden Samstag offerierten, Richtung Kirchenplatz hin, Marktfrauen lautstark ihre Früchte aus Feld und Garten, was dieser Straße ihren Namen gegeben hatte. Ja, diese Marktstraße war ein Prachtexemplar bürgerlicher Lebenstüchtigkeit.

Genau in deren Mitte betrieben Max Sperling und seine Gabi ein Lebensmittelgeschäft. Nach dem Motto „Bei uns ist der Kunde König“ wieselten mehrere Lehrmädchen emsig zwischen eng gestellten Regalen und einer hauseigenen Metzgerei herum. An der Kasse saß die Kaufmannsgattin. Eine unermüdliche Wächterin in diesem Kleinstadttempel des Konsums.

Überhaupt waren die Sperlings ein ansehnliches Paar. Er ein großer Dunkelhaariger mit flussgrauen Augen, ein Bild von einem Kaufmann, wenn er in seiner gestärkten weißen Kutte vor die Tür trat und mit flüssiger Schlämmkreide und mit leichter Hand Sonderangebote an die Schaufenster seines Reiches pinselte. Seine Kutte und die hellen Buchstaben zogen alle Blicke auf sich.

Seine Frau war eine mittelgroße Brünette mit einem Lachen, das selbst knausrigste Kunden erwärmte, wobei Gabi den wirklich Armen gerne etwas zuschob. Dies wiederum durfte der Bilderbuchkaufmann nicht wissen. Er war auf absolute Sparsamkeit aus.

Die Sperlings waren den Fontanellas ähnlich in ihrem Willen, gemeinsam etwas aufzubauen, und wenig älter nur.

Mancher Kunde des Kaufladens würde sich nach dem Einkauf sicher noch einen italienischen Kaffee und ein Eis gönnen. Das war Riccardos Plan.

Vielleicht würde in dieser geschäftigen Beschaulichkeit auch ihr Wunsch nach einem Neu-in-die-Welt-geworfen-Sein funktionieren? Vielleicht könne man in dieser Marktstraße tatsächlich ankommen? Wenn es gut lief, sogar auftauchen aus der inneren Sintflut, anstatt jede Nacht erneut in die Tiefe gerissen zu werden.

Clara und Riccardo waren bereit, hart zu arbeiten für ein wenig Erlösung.

Sergio und Caroline waren schon erlöst. Was ihren Eltern schwer fiel, fiel ihnen so leicht. Ihre rosa Plastikbadewanne war das Paradies. Ungeachtet der Hinterhofkulisse, trotz des würzigen Brodems der Jauchegrube und den die Mülltonnen umschwärmenden Wespen.

Auch als erwachsene Frau würde Caroline nie vergessen, wie leicht es gewesen war, als Kind glücklich zu sein. Ein muffiger Hinterhof hatte ausgereicht. Vielleicht mit Sergio noch „Alaska“ spielen im Kühlhaus und dann so lange auf dem ruckelnden Förderband in das geheimnisvolle Warenlager im Keller hinabfahren, bis der Kaufmann einen erwischte.

Das Städtchen war putzig, das reichte. Keine Diva, wie Speyer, das seinen Dom vergötterte, oder Heidelberg, das jeden Stängel und Strauch verehrte, von Hölderlin oder Brentano persönlich gedüngt.

Germersheim war ein etwas nachlässig frisiertes Soldatenliebchen, das aber manche Freiheit gewährte und einen so sein ließ, wie man war.

Klar, war es einfacher, das schöne Speyer, Heidelberg oder auch Karlsruhe zu lieben. Doch Germersheim hatte es gar nicht nötig, schön zu sein. Es war das uneitle Schätzchen, das einen wärmte, auch im Sturm.

An manchen Stellen war die Stadt vergilbt, wie eine alte Postkarte. Jedoch von genau der Dimension, wo ein Kind gut gedeiht, ohne dass es verloren ging. Sofern man es vom Fluss fernhielt.

Die Architektur von Germersheim war kurios: Bollwerke waren quer durch die Stadt verteilt, übergroße Mahnmale einer Festungspolitik, die zu den kleinen Bürger- und Fischerhäusern gar nicht passte. Sie duckten sich weg hinter all diesen Forts, Kasernen, Wehrtoren und Kasematten, die mit ihrer Fertigstellung schon veraltet waren.

Ein Treppenwitz der Militärgeschichte. Er machte die Garnisonsstadt jedoch irgendwie romantisch: Zwischen Schießscharten und Wehrgängen gediehen Efeu, Maiglöckchen und Flieder, Nachtigallen sangen und manches Liebespaar fand in den verlassenen Stätten des Krieges zueinander. Zumindest jene, die zu faul waren, um sich am Rhein zu paaren.

Kastanienalleen luden zum Spazierengehen, einst angepflanzt, um Garnisonssoldaten beschattet marschieren und exerzieren zu lassen.

Eine alte Kaserne wurde durch eine Sprachen-Universität neu belebt. Dort, wo halbe Kinder zu Soldaten geschliffen worden waren, eilten jetzt fast nur Mädchen zu Professoren, die französisch, russisch, italienisch, ja sogar chinesisch mit ihnen sprachen, anstatt Befehle zu brüllen. Statt nach Stiefelfett roch es nach Haarspray und nach Patschuli. Dessen exotische Schwere sollte die wenigen männlichen Kommilitonen betören. Oder vielleicht die Herren Professoren?

Riccardo gefiel die Mädchenschwemme von Germersheim. Es erfreute seine Männeraugen, auch liebten Studentinnen Eis.

Überall radelten und spazierten junge Dinger durch die Stadt. Pferdeschwänze wippten, weißes Schenkelfleisch blitzte unter Miniröcken hervor.

„Die vielen weiblichen Hormone machen dieses Kasernenkaff weicher", sagte Riccardo.

„Ich glaube, weich ist das falsche Wort", erwiderte Clara, die im Service bald die Geheimnisse Germersheims kannte. Gab es dort doch noch einen Stützpunkt der deutschen Luftwaffe und ein Versorgungsdepot der US-Armee und sie erlebte täglich, wie sich der soldatische mit dem akademischen Geist der Stadt vermischte. Das war gut für das Geschäft und es brachte manche polyglotte Soldatengattin hervor.

Die Präsenz von US-Boys stimmte beide Fontanellas froh.

„Toll, diese Amerikaner. Immer verfressen, immer süchtig nach Eis und immer hilfreich, wenn die Welt untergeht", sagte Riccardo zu Max Sperling.

„Wenn man nicht bei ihnen in Gefangenschaft sitzt, dann schon", antwortete der und drehte sich so flink auf dem Absatz, dass seine gestärkte Kutte raschelte. Sogleich machte er sich an einer Auslage mit frischem Gemüse zu schaffen, zupfte welke Blätter von einem

Berg frischer Kohlrabis, obwohl diese gar keine welken Blätter hatten.

Riccardo und Clara waren weniger in eine Stadt gekommen, denn in eine Fata Morgana.

Diese harmlose Kleinstadt hatte selbst schweres Leid erfahren müssen, bevor sie zur Festung ausgebaut worden war.

Sie hatte gleich zwei Mal ihre totale Vernichtung erlebt. Weniger durch Wasser – nun, der ehemals ungezähmte Rhein hatte daran geknabbert, es überschwemmt und die Malaria genährt – denn durch die Wechselbäder der Geschichte.

Das kleine Germersheim, von Bergen gänzlich ungeschützt, lag auf dem vormaligen Präsentierteller des erzkatholischen Frankreichs, wo indessen in der Pfalz die Lehre eines Martin Luther auf fruchtbaren Boden gefallen war.

Söldnerheere des Dreißigjährigen Krieges hatten die Stadt ausgeplündert, gebrandschatzt und überhaupt übel zugerichtet mit Mann und Maus darin.

Ihre totale Stunde Null hatte die Stadt dann während des Französisch-Niederländischen Krieges im Juli 1674 erlebt.

Französische Truppen unter Marschall Turenne waren über das Elsass in Germersheim eingefallen und hatte das ehemalige Königsschloss Kaiser Konrads II., alle Bürgerhäuser und die Kirchen niedergebrannt. Lediglich die Krypta der katholischen Kirche hatte den Flammen widerstanden.

Dann hatten die tollwütigen Franzosen die Grundmauern aller Häuser niedergerissen und die Steine abtransportiert. Nur die Fassade des „Rebstöckels" in der Marktstraße hatte sich nicht in den Staub gelegt.

Gleiches war mit dem Pflaster der Straßen geschehen, es war ausgebrochen worden und in Karren als Baumaterial in das französische Philippsburg geschafft worden.

So fehlte also auch der neuen Heimat der Fontanellas die Erinnerung der Steine, was diese nur noch nicht wussten.

„Die vormals quirlige Stadt glich einem Oberkiefer, aus dem man alle Zähne herausgerissen hat", sollte ein Chronist berichten. Nur eine Handvoll Germersheimer hätten diese totale Vernichtung überlebt.

Als die Fontanellas ihre Koffer auspackten, waren diese blutenden Wunden längst vernarbt. Die gestohlenen Steine von Germersheim hatten die Bayern durch neues Mauerwerk für den Bau der Festung ersetzt, sie hatten das Städtchen im 19. Jahrhundert zur Festung ausgebaut und so nutzlos wehrhaft gemacht.

Der vormalige Raub der Steine und damit der Raub der Identität schien jedoch im Gedächtnis des Ortes fortzuleben, verkapselten Zysten gleich:

Es machte die Nachfahren der alten Germersheimer misstrauisch gegen Fremdes und mitunter etwas linkisch, ohne dass dieser eigentlich gutmütige Menschenschlag mit seiner säuselnden Sprache und den überdehnten Vokalen gewusst hätte, wie ihm geschieht.

Etwas Longarone steckte also auch in diesem Germersheim. Ein Lehrstück in menschlichem Gigantismus und ein Lehrstück über die Unmenschlichkeit des Krieges.

Daran sollte sich auch der erste kleine Liebesstreit zwischen Sergio Speranza Fontanella und Caroline Sperling entzünden.

Behauptete sie doch, auf dem Schlosshügel, ja, eigentlich in einem alten Königsschloss geboren worden zu sein. Es läge an der Verlängerung der Marktstraße.

„Wo ist dein Schloss?“, fragte Sergio, sehr wach für einen Knaben seines Alters, als sie dann vor einem nüchternen Zweckbau standen.

„Nun, das Schloss ist unter diesem Krankenhaus, in dem ich geboren wurde“, druckste Caroline herum. Sie wusste wohl, dass der Plattenbau, der sich dem Betrachter darbot, so wenig mit einem Schloss gemein hatte wie ihr „Vater Rhein“ mit einem Tümpel.

Sergio kratzte seinen nackten Bauch, beide waren just ihrer Plastikbadewanne entstiegen, bohrte nachdenklich in seinem Bauchnabel herum und sagte:

„Die Deutschen, die lügen.“

Caroline sollte an ihrem neuen Freund jedoch auch bald Merkwürdiges beobachten. Er näherte sich Kinderwägen, die Mütter vor der Eisdiele oder dem Kaufladen ihrer Eltern abgestellt hatten, beugte sich scheinbar neugierig darüber und schlug dann blitzschnell hinein. Nicht wirklich fest, aber so, dass die zurückgelassenen Säuglinge schrien und puterrot anliefen, was ihm wiederum Freude zu bereiten schien.

Als Caroline ihn am Kragen packte und zur Rede stellen wollte, druckste er herum. Die Kinder der Fontanellas seien alle tot, dabei hätte er doch ein Geschwisterchen gewollt, auch das ginge nicht mehr, hätte seine Mutter gesagt.

Als Caroline dies ihrer Mutter berichtete, stieg diese schnurstracks aus dem Laden in das Wohnzimmer hinauf, kramte in einem Schrank und zog den Ordner mit den Mietverträgen hervor.

Als Gabi las, laut nachlas, woher die Fontanellas eigentlich stammten, kullerte eine einzelne Träne über ihr Gesicht. Hatte ihre Tochter „Longatonä“ gesagt?

Als Caroline wissen wollte, wieso die Mutter weine, meinte diese: „Das verstehen Kinder noch nicht!“

Sie würde nie mehr dazu sagen, aber den Fontanellas fortan mit umso mehr Liebenswürdigkeit begegnen, die ihr Mann mitunter vermissen ließ, wenn es ihm nicht gut ging.

Caroline, die nicht so einfach aufgab, fragte ihren um einige Jahre älteren Bruder Paul, wo dieses „Longatonä“ denn sei. Und wieso seien die Kinder der Fontanellas alle tot?

„Longatonä klingt nach einer Burg, einer Burg im Morgenland. Die wurde erobert, dabei haben die Wikinger alle Kinder umgebracht“, meinte er.

„Wikinger?“

„Die Wikinger töten alle Menschen auf eroberten Burgen. Sie hacken sie mit ihren Streitäxten entzwei.“ Paul las gerade Prinz Eisenherz und wollte ausprobieren, wie ein derartiges Szenario auf seine kleine Schwester wirkte. Die Vorstellung des Zerhackens ließ Caroline jedoch unbeeindruckt. Sie konnte und wollte sich so etwas nicht vorstellen. Ältere Brüder machten Mädchen gerne Angst. Am besten ging man darauf ein und spuckte ihnen dann heimlich in die Limonade.

Caroline sah nur ihren Sergio vor sich, sah ihn in einer Burg sitzen. In einer Burg im Morgenland. Waren die heiligen drei Könige nicht aus dem Morgenland gekommen?

Sicher war ihr Sergio ein Königssohn, einer, der aus der Burg Longatonä hatte fliehen können. Mit seinen Eltern.

Dann wären die Eismacher ein Königsgeschlecht?

Nun, Frau Fontanella war sehr schön und hatte so eine Frisur, wo nur noch ein Diadem fehlte. Und Herr Fontanella wirkte immer traurig. Selbst wenn er scherzte, Kinder spüren so etwas. So, als ob er sein Königreich verloren hätte, seine Krone und den goldenen Reichsapfel dazu.

Nun, wenn sie auf einem Schlosshügel, ja eigentlich in einem Schloss geboren worden war, konnte dies doch auch bei Sergio so gewesen sein? Caroline Sperling war glücklich. Ihr Sergio war ein Prinz aus dem Morgenland. Er war standesgemäß. Man würde heiraten können.

Carolines Neugier machte auch vor Frau Fontanella nicht halt. Sie erzählte ihr, dass ihre Mutter beim Lesen im Mietvertrag geweint und „armes Longatonä" ausgerufen hätte.

„Katastrophe ist schlecht für Geschäft", sagte die heimliche Königin nur und winkte ab.

Sie sagte das mit so viel Singsang in der Stimme, dass es klang wie ein Totenlied.

Sie würde nie mehr dazu sagen. In all den Jahren nicht. Sie würde auch Sergio verbieten, je wieder mit Caroline darüber zu sprechen. Auch nie mit jemandem anderen in dieser Stadt.

Sergio verstand ihre Gründe: „Eisdielen sind Oasen des Glücks. Liebespaare essen Eis, Großmütter mit ihren Enkeln. Doch sie essen unser Eis nur, wenn sie denken, auch wir seien glücklich. Eis schmiert die Seele. Der Gedanke an ein Unglück tut dies nicht."

Dann packte die resolute Clara ihren Sohn an den Ohren, nicht wirklich fest, aber fest genug, dass ihre Wort auch ankämen dazwischen. Auch das Schlagen in die Kinderwägen war mit diesem Ohrlangziehen gemeint.

Jetzt knöpfte sich Riccardo seinen Sohn vor. Er schlug den lebhaften Buben nie, erteilte ihm nie Befehle, eigentlich verwunderlich für einen alten Alpino, aber Sergio Speranzas Widerspruchsgeist wurde durch die Friedfertigkeit seines Vaters besänftigt. Dort, wo Clara die Nerven durchgingen, setzte er auf Erklärungen: „Pfälzer reden viel, wenn der Tag lang ist. Sie zerreißen sich das Maul über uns. Sind wir ‚Sonnenschein-Italiener', die immer lächeln, kommen sie zu uns. Erkennen sie unsere Wunden, sind wir die verdammten ‚Itaker' und sie meiden uns. Wir haben dich nicht Speranza genannt, damit du unseren Ruf ruinierst und andere schlägst."

Sergio lernte schnell, was es hieß, ein Fremder zu sein. Fast jeden Tag kam er weinend aus dem katholischen Kindergarten zurück. Er war der einzige Fremdling dort. Das Wort „Spaghetti-Fresser" war noch eine der netteren Beschimpfungen. Gabi Sperling fand für Sergio dann einen Platz im protestantischen Kindergarten, den auch Caroline besuchte.

Die wenigen Wochen, die ihnen vor Carolines Einschulung noch gemeinsam verblieben, reichten aus, um die anderen Protestantenkinder ideologisch auszurichten.

Als Strafe für das Wort „Spaghetti-Fresser“ gab es ausgerissene Haarbüschel von Caroline und von Sergio „eines in die Fresse der Kartoffelgesichter“, wie er seine deutschen Beleidiger nannte. Oder umgekehrt. Auch „kochte“ Caroline gerne Matsch-Süppchen im Sandkasten mit viel Speichel, das ließ sich Angreifern gut hinterher werfen oder in die Haare schmieren.

Bei Beschwerden der Eltern ging meist Caroline als die eigentliche Angreiferin hervor. So wurde der Ruf der Fontanellas als „Sonnenschein-Italiener“ kaum verschattet.

Man strömte also weiter in das Etablissement der „Fremden“, allein schon, um sie zu besichtigen. Glotzen und dabei Eis essen, das ging gut.

Am meisten stand Clara unter Beobachtung, vor allem bei den Frauen. Kam mit Clara Fontanella doch auch eine echte Schönheit in die kleine Stadt am Rhein.

Manchen waren ihre Schuhe zu spitz und zu hoch, anderen ihre Röcke zu kurz und ihre Beine zu mager. Nicht wenige tuschelten über ihre Frisur. Über diesen kräftigen Lidstrich. Ägyptisch sei der, obwohl Germersheimerinnen eigentlich wenig von Ägypten verstanden. Und dieses Schauspielerinnen-Lächeln, einfach aufgesetzt!

Riccardo hingegen fand breite Zustimmung, wobei er immer etwas verloren wirkte, selbst wenn er mit den Gästen schäkerte. Auch Clara wurde beliebt, bei den Männern halt, was dem freundlichen, aber insgeheim rasend eifersüchtigen Riccardo Momente harter Selbstkontrolle abverlangte.

„De neie Italiääner macht ä guuudes Eis“, da war sich die kleine Stadt bald einig. In diesem Sommer, ihrem ersten wirklichen Sommer nach der Stunde Null, kam

Riccardo kaum noch aus seiner Eisküche heraus und Clara wieselte um die Kundschaft herum. Mit der Grandezza einer Königin und das 14 Stunden am Tag.

Die Germersheimer wurden regelrecht süchtig nach Riccardos handgemachten süßen Versuchungen und nach geschäumtem Kaffee, der ganz anders schmeckte als die säuerliche Filterbrühe daheim. Für Claras rote Unterhose und für den kleinen Speranza blieb da kaum noch Zeit.

Nur gut, dass der Bub bei diesen Sperlings und bei dieser Caroline so gut ankam. Fast jede Minute steckten sie beisammen. Auch Kaufmannskinder werden schnell selbständig in einer Welt, wo der Kunde König ist.

Die Nachbarn grüßten sich freundlich, aber sie redeten kaum. Schienen echte Gespräche zu vermeiden. Ließ es sich nicht umgehen, sprachen sie über das Wetter. Gut, das Wetter war essentiell für eine Eisdiele und für einen Kaufmann, der seine Schaufenster täglich neu mit Schlämmkreide bemalte und vor seinem Laden Flachregale aufgebaut hatte, die er mit frischem Obst und Gemüse befüllte, das er in der Nacht in Mannheim vom Großmarkt besorgt hatte.

Die Männer begegneten sich meist an den Mülltonnen. Beide Geschäfte produzierten viel Müll. Die Obstschalen, die Riccardo wegwarf, verrieten, welches Fruchteis gerade in seiner Eisküche entstand.

Es war ein Zitroneneis-Tag und die Sonne schien zustimmend, als Max Sperling sich ein Herz nahm: „Gab es viele Tote in diesem Longarone?“, wollte er wissen. Dabei warf er angeschlagene Äpfel in eine Tonne, bei manchen schnitt er nur die faulen Stellen mit einem

Obstmesserchen aus und legte sie zurück in seine Kiste. „Für Heringssalat", erklärte er.

„Alle aus meiner Familie sind tot. Alle! Aber ich will nicht darüber reden", brummte Riccardo.

Er kippte einen kleinen Eimer mit ausgepressten Schalen in eine andere Tonne, sie sahen aus wie halbierte Sonnen. Dann wandte er sich abrupt ab, um in seiner Eisküche zu verschwinden. Sie lag direkt neben dem Hof.

„Bei mir sind auch viele gestorben in der Gefangenschaft, im Freien, in der Kälte. Von der Schulbank weg hat man mich an eine Flugabwehrkanone gestellt. Noch heute reicht ein Dröhnen in der Luft und mein Herz rast. Keinen Schuss habe ich abgegeben, aber bei der Gefangennahme lief etwas schief. So kam ich in dieses Hungerlager", sagte Max und Riccardo drehte sich zurück.

„Dort ging mir einer besonders nah. Ein alter Soldat, der mir 16-Jährigem sein Brot zusteckte, das er unter seinen Kleidern verborgen hatte. Es schmeckte nach ihm. Ich habe überlebt, aber er ist verhungert. Manchmal reicht ein Toter", sagte Max Sperling, während er sein Obstmesser sinken ließ.

Dann gaben sich die Männer die Hand, wortlos, über die stinkenden Mülltonnen hinweg. Sie waren klebrig von den Früchten.

„Wir sind wohl beide Eisberge, die ihre Titanic gefunden haben." Max Sperling reinigte die kleine Klinge an einem Innenzipfel seiner weißen Kaufmannskutte. Riccardo biss sich auf die Lippen und nickte.

„Nachbar, einen Rat habe ich noch", fuhr Sperling fort. „Sei zäh und strahle. Sie würden keine Schweizer Schokolade bei mir kaufen, keine scheißteure französische Pastete, ja, die Kunden würden mich noch nicht einmal beklauen, wenn sie wüssten, wie es in mir aussieht."

Der Eismann und der Kaufmann würden nie mehr darüber sprechen. Keine einzige Silbe. Denn beide wussten sie: „Eine Katastrophe ist schlecht für das Geschäft."

Germersheim, Mai 1972

„Die Stadt steht vor dem Untergang", behauptete Helmut P. in einem Leserbrief an die *Rheinpfalz*. Doch wie kam er darauf? Germersheim ging es blendend!

Der umtriebige Bürgermeister Siegfried Jantzer hatte so viele Mittelständler und Großbetriebe nach Germersheim gelockt, dass mancher Bürgermeister einer deutlich größeren Kommune vor Neid erblasste. Bis hinauf nach Mainz sprach man anerkennend vom „Wirtschaftswunder Südpfalz".

Er war schon ein rechter Siegfried, dieser Amtskollege Jantzer: schon produzierten die Gumasol-Werke, Heye-Glas, Europa-Carton, Nolte-Möbel und die Schiffs-Werft im neu ausgebauten Industriehafen. Sein neues Wirtschaftswunderland war das weitflächige Gelände der „Insel Grün". Es hieß, er hätte eine Öl-Raffinerie am Haken.

Jetzt lachten die anderen Bürgermeister jedoch, denn diese berühmt gewordene „Insel Grün" am Rhein lockte noch ganz andere Geister an. Geister, die selbst die expansionsfreudigen Germersheimer erschreckten.

Der Veranstalter des „British Rock Meetings" hatte angekündigt, sein zweites Open-Air Konzert vom 20. bis zu 22. Mai auf der „Insel Grün" stattfinden zu lassen. Die Bürger erfuhren aus der Zeitung, dass ihnen ein wenig besinnliches Pfingstwochenende bevorstünde.

Die Kalkulation Siegfried Jantzers, inwieweit „das bisschen Musik" die Stadtkasse würde klingeln lassen, war noch wohlwollend-naiv. Dem ubiquitären Stadtoberhaupt und dem stramm CDU-geführten Gemeinderat war zunächst nicht klar, welche Dimension dieses „bisschen Musik" hätte.

Das bis dahin größte Rockspektakel auf deutschem Boden war geplant. Ein deutsches Woodstock mit weltweiten Größen der Popmusik: „Uriah Heep", „Pink Floyd", „The Faces", „Status Quo", „Wishbone Ash" und „The Doors" mit ihrem berühmt-berüchtigten Frontman Jim Morrison wollten die „Insel Grün" und ihre weiblichen Fans zum Kochen bringen.

Karten zu stolzen 22 DM waren an mehr als 500 Vorverkaufsstellen in ganz Deutschland innerhalb von Stunden ausverkauft.

Gut 50.000 Besucher wurden erwartet, fast das fünffache der Bevölkerung der „Stadt des Flieders und der Nachtigallen", wie dem Tourismusverband die Festungsstadt zu vermarkten einfiel.

Nun bangten die Bürger um ihre Idylle, ja, um ihr Leben. Das alte Germersheimer Trauma, dass marodierende Banden sie und ihre Stadt in Stücke reißen könnten, wurde wach.

„Die langhaarigen Gammler bringen Lustseuchen, Alkohol und Drogen in die Stadt", schrieb eine Hanni K., als ob es das alles noch nicht gäbe. In einem Stützpunkt der Luftwaffe und der US-Armee, vielen einsamen jungen Männern also, die auf Studentinnen und Bürgermädchen trafen, gab es alle Freuden und jegliche Laster.

Doch jetzt befürchtete man eine Invasion: geplünderte Geschäfte, Vandalismus, Mord und Totschlag, noch mehr Sex und noch mehr Drogen.

Bürgermeister Jantzer verkündete durch die *Rheinpfalz*: „Wir werden das Festival mit aller Macht verbieten." Auch Regierungsrat Rolf Rüdiger Eckhardt gab seinen politisch gewürzten Senf dazu: „Wir können nicht zulassen, das 50.000 Rauschgiftsüchtige in unsere Stadt kommen."

Die Germersheimer Entscheidungsträger drohten mit „Abwehrmaßnahmen."

Nun drohte der Veranstalter des Festivals, die Konzertagentur „Mama-Concerts" aus Frankfurt: „Wenn Germersheim das Rock-Meeting verhindern will, nehmen wir keinen Eintritt. Dann kommen mit Sicherheit weit mehr als 100.000 Jugendliche."

Man lenkte auf beiden Seiten ein. Doch die Angst der kleinen Stadt am Rhein, Schauplatz oder Spielverderber des deutschen Woodstock zu sein, füllte inzwischen alle Gazetten.

Körbeweise traf Post aus ganz Deutschland in der Stadtverwaltung ein. Erregungen wie diese: „Ich schreibe Ihnen im Namen von vielen Stuttgartern, dass es eine Schande ist, solch ein Festival überhaupt zuzulassen. Tun Sie alles, damit Ihr schönes Städtchen nicht kaputt gemacht wird. Diese jungen Leute sollen arbeiten gehen und lernen."

„Sie wollen also – entgegen ersten Berichten – diese lächerliche ‚Pop'-Veranstaltung in Ihrer Stadt durchführen lassen. Als Anwohner der Umgebung protestiere ich schärfstens dagegen. Sollte diese Veranstaltung stattfinden, ist Germersheim für mich erledigt, ich werde es auch als Einkaufsort nicht mehr betreten."

„Sehr geehrte Herren! Unser Ortsverband – ‚Die sozialistische Jugend in Deutschland' – verurteilt Ihr Handeln bezüglich des II. British Rock Meetings. Wir sind der Meinung, dass dieses eines der bestorganisierten seiner Art ist. Haben Sie vielleicht Vorurteile gegenüber langhaarigen, musikbegeisterten Jugendlichen? Wenn das die Gründe für Ihre Ablehnung sind, bedauern wir die Jugendlichen in Ihrer Stadt."

Noch nicht ganz jugendlich in dieser Stadt war Caroline Sperling. Mit ihren neun Jahren kannte sie Rockmusik nur von ihrem Bruder Paul. Wenn aus dessen Zimmer die Bässe dröhnten und Gitarren aufjaulten, durfte sie es nie betreten. Offensichtlich hatte er seine Prinz-Eisenherz-Phase überwunden.

Ihre Eltern strahlten Gelassenheit aus, die Zuversicht von Kaufleuten. Nagelten nicht etwa Fenster und Türen zu, nahmen die Ware nicht aus den Regalen, wie manche Kundschaft ihnen eindringlich empfahl.

Just hatte Caroline in der Schule gelernt, dass an Pfingsten die Entsendung des heiligen Geistes gefeiert würde. So ähnlich sollte ihr dieses Pfingstfest auch im Gedächtnis bleiben.

Mit der Bahn, dem Auto, Motor- und Fahrrädern, selbst zu Fuß kamen mehr als 70.000 Menschen in die Stadt. Nicht wenige davon spazierten durch die Marktstraße, um sich mit dem Nötigsten einzudecken. Darunter zahlreiche in Deutschland stationierte US-Soldaten. 482 Polizeibeamte sollten diese Massen bewachen, hatte es geheißen.

Selbst Max Sperling und Riccardo Fontanella hatten mit einem derartigen Ansturm nicht gerechnet. Aber sie waren klug genug, sich vorzubereiten.

Sie wollten sich nie wieder von irgendetwas überraschen lassen.

„Man hat mir meine Jugend gestohlen, man stiehlt mir nicht auch noch ein Bombengeschäft“, hatte ihr Vater im Vorfeld der Pop-Invasion verlauten lassen. In seinem Kühlhaus stapelten sich Salami, Käse, Bier und Cola bis unter die Decke. Palettenweise hatte er Brot, Brötchen und Kekse beschafft. Auch Tampons, Klopapier, Damenbinden, Sonnencreme. Und natürlich Mückenspray, obwohl es für die Blutsauger eigentlich noch zu früh war.

„Das wissen die Fremden ja nicht“, hatte er gelacht. Selbst Kartons mit Kondomen und Papierunterwäsche hatte er angeschleppt, wobei sich aus Letzterem tolle Fallschirme für Spielfiguren herstellen ließen, wie Caroline feststellte. Papierunterhosen ab Größe 42 flogen gut.

„Bei uns gibt es alles, was man braucht, wenn Männlein und Weiblein feiern – mit oder ohne Musik“, hatte Max seiner Gabi verkündet.

„Außer den Drogen, die gibt es beim Nachbarn“, hatte diese gekichert, denn sie wusste, wie Riccardo Fontanella sich vorbereitet hatte.

Seit ihrem Hinterhofgespräch sah Riccardo in Max Sperling eine Art Seelenverwandten.

„Auch der hat als junger Kerl mehr gesehen, als je ein Mensch sehen sollte, und wickelt täglich seine Kundschaft ein“, hatte er zu Clara gesagt.

Erfolg war in Ordnung. Misserfolg würde keine Toten wieder lebendig machen, dies hatte der schlitzohrige Krämer begriffen.

Auch er würde sein Leben zu einer Erfolgsgeschichte machen, einer herzzerreißenden Erfolgsgeschichte halt! So hatte es Riccardo für sich beschlossen und fortan lächelnd beim Duell der Kaufleute mitgemacht.

Sollten sie nur kommen, diese Hippies. Zunächst hatte er einen Eisbär aus Hartplastik beschafft. Er schleckte an einer Eistüte, auf seinem rundlichen Bärenhintern sitzend, und lächelte dümmlich. Dann hatte er das mannshohe Ding vor seine Eisdiele gewuchtet.

„So weiß jeder Zugekiffte sofort, was es bei Fontanella gibt“, hatte er der verblüfften Clara erklärt.

Seine Eismaschinen liefen fast heiß und eine ganze Armeeration an Getränken füllte seinen Gewölbekeller. Er hatte sich bei der Nachbarin mit Gewürzen eingedeckt: getrockneten Nelken, Salbei, Basilikum, Anis, Minzeblättern, Koriander und Muskatnuss.

„Wenn Hippies die Stadt stürmen, gibt es auch Hippie-Eis“, hatte er verkündet. Seine Eiskarte verriet seine Fantasie: Es gab den Cup-Amerika, groß wie eine halbe Hundebadewanne, mit rotem und blauem Likör verziert und bestückt mit amerikanischen Fähnchen. Für die deutschen Fans hatte er sich den Cup „Insel Grün“ ausgedacht mit giftgrünem Minzlikör, Minze als Ufergras und Schokostreusel obenauf. Das seien die Stechmücken, die Schnaken. Die gelernten Pfälzer nannten sie „Schnooooke“, mit ihren ausgeleierten Vokalen.

Dann gab es noch den Cup „Psychedelic“, garniert mit etwas gemahlenem Basilikum und Salbei, einer Prise Koriander und gemörserten Nelken. Geschmacklich gewöhnungsbedürftig, aber bei der Hippie-Kundschaft der Renner.

Nur gut, dass Paul Sperling vor dem Ansturm Aufbauarbeit geleistet hatte. Mit dem Tonbandgerät, das sein Konfirmationsgeld abgeworfen hatte, hatte er seinen Eltern und den Fontanellas etwas von der Musik, die auf der „Insel Grün“ gespielt würde, „vorgedudelt“, wie Max gesagt hatte. Ein guter Geschäftsmann war informiert.

Als Riccardo dann Jim Morrison als Ausklappbild in Pauls *Bravo* erblickt hatte, war ihm „Was für ein hässliches Mädchen“ entfahren. „The Doors“ hätten in Germersheim auftreten sollen, nur war ihr legendärer Frontman in Paris verstorben, an Heroin, wie das *Bravo* berichtete.

Caroline fand, dass dieser Morrison wie Prinz Eisenherz aussähe, wie ein Prinz Eisenherz mit von Mückenstichen verschwollenen Lippen.

Nun waren alle Sperlings im Kaufladen gefordert. Caroline war als Springer eingesetzt und füllte die Regale auf. Paul stand hinter der Kasse und packte Einkäufe in Papiertüten, wobei er begeistert feststellte, dass viele der Hippie-Mädchen vergessen hatten, einen Büstenhalter anzuziehen. „Man sieht ihre Dinger am besten, wenn man ihnen die Tüten so überreicht, dass sie sich vorbeugen müssen", würde er am ersten Abend des Gefechtes zu Caroline sagen.

Caroline war von den Mädchen begeistert, die bodenlange Gewänder trugen. Manche glichen Engeln aus einem Krippenspiel, eine hatte sich sogar Papp-Flügel umgeschnallt. Ein Engel war barfuß und hatte seine Zehen mit Ringen geschmückt.

Die Hippie-Männer tendierten eher in Richtung Wikinger, einige trugen lange Bärte, manche mit eingeflochten Zöpfchen. Ein Wikinger-Hippie trug ein bimmelndes Glöckchen im Gesichtsgestrüpp.

So viele Wunderwesen in allen Verkleidungen und Hautfarben sollte der „Kaufladen Max Sperling" nie wieder erleben. Und alle waren freundlich. Wenn auch nicht immer gut bei Kasse.

Caroline beobachtete, wie ihre Mutter einigen Pärchen, die hungrig und zugleich abgebrannt aussahen, die Einkäufe schenkte oder ihnen eine Salami und Kekse zusteckte.

„Junge Liebe soll nicht hungern", flüsterte sie ihnen auf deutsch oder auf französisch zu. Auch auf Englisch probierte sie sich.

Genau vierzig Jahre später würde sie bei einer Reportage des SWR-Fernsehens sagen: „Die jungen Leute waren nett und manierlich. Beklaut haben sie uns nicht. Auch Vandalismus habe ich keinen gesehen. Aber viele glückliche Gesichter."

Irgendwann kam dann der Punkt, wo die Kauflust der Musikfans und die Masse der Käufer über den Nachschub siegten. Am schnellsten waren Würste, Brötchen und Bier ausverkauft. Und die Kondome. Die Papierunterhosen sollten sich als Ladenhüter entpuppen.

„Manche Mädchen tragen auch untenrum nichts", versicherte Paul. Caroline fragte sich, mit welcher gymnastischen Verrenkung er den Hippie-Mädchen die Waren übergeben hätte, um auch dieses zu wissen?

Auch die zwei Bäckereien und der Metzger in der Marktstraße standen bald vor leeren Regalen. Selbst Riccardo kratzte das letzte Eis aus seinen Kühlboxen und Clara klagte über Blasen an den Füßen. Da servierten sie halt „Psychedelic Coffee".

Die „Insel Grün" selbst schien zu Pfingsten tatsächlich vom heiligen Geist beseelt. Er hatte in vielen Sprachen gesprochen und ein lautes Brausen lag in der Luft, so hatte Caroline es in der Schule gelernt.

Außer, dass gesoffen, geraucht, alles Mögliche geraucht, getanzt und geliebt wurde, geschah wenig, was einem Herrgott ernsthaft missfallen hätte. Die Polizei war kaum gefordert, selbst die Ärzte und Sanitäter behandelten meist Bagatellfälle, klebten Pflaster und pinselten mit Jod.

Nur ein paar Zugedröhnte kamen zur Beobachtung in das Germersheimer Kreiskrankenhaus. Sie hatten meist bunte Papierchen gefressen und waren dann zu auffällig ausgeflippt.

Den Vergleich mit Woodstock scheute auch der Himmel nicht. Er öffnete seine Schleusen für Regengüsse und tilgte so auch den Staub, den das umstrittene Festival und die abertausenden von fahrbaren Untersätzen auf der „Insel Grün" aufgewirbelt hatten. Es entstanden Bilder, die man schon von Woodstock her kannte: glückliche nackte Menschen spielten im Schlamm. Da hätten Max Sperlings Papierunterhosen nur gestört.

Die Invasion der Rockfans verschwand, wie sie gekommen war, mit lautem Getöse, aber friedlich. Dieses Pfingstwochenende sollte so viel Geld in die Kassen der Germersheimer Geschäfte, Taxifahrer, Schankwirte und sonstiger Nutznießer spülen, dass mancher brave Bürger seinen bitterbösen Leserbrief bereute.

Geld stinkt nicht, mag auch der Bauer gedacht haben, der seine feuchten Wiesen und Felder dem Konzertveranstalter verpachtet hatte. Das musste er auch denken, denn von den 70.000 Gäste blieben manche Hinterlassenschaften auf seinen Feldern zurück. Die *Rheinpfalz* berichtete, sein Gelände sei jetzt über Jahre gedüngt.

Das Pfingst-Wunder von Germersheim ging in die Annalen der Geschichte ein. Dort verblieb es auch, da der internationale Pop-Zirkus und seine illustren Geschöpfe nie mehr Station in dem kleinen Städtchen machen sollte.

Bald schon würde ein führender deutscher Automobilhersteller sein zentrales Ersatzteillager auf der „Insel Grün“ errichten. Flächendeckend. Da war kein Platz mehr für Musik und jede Menge Spaß.

Sergio Speranza fehlte bei Germersheims Sternstunde der Rock- und Konsumgeschichte. Er war sechs Jahre alt und lebte in Longarone. Seine Eltern hatten ihn dort schon im letzten Herbst einschulen lassen, da war er noch fünf gewesen. Er sollte ein guter Italiener werden.

Clara hätte den Buben lieber bei sich behalten. „Du hast gesagt, dieses Germersheim sei gut für das Kind. Nun schickst du es fort“, hatte sie geklagt.

„Wenn Sergio hier bleibt, dann wird ein Deutscher aus ihm. Dann bleibt er dort, wenn wir im Alter zurückgehen.“ Riccardo hatte auf seine Frau eingeredet wie auf ein lahmes Pferd.

Clara wusste nicht, wann sie Sergio mehr vermissen würde: im Alter oder jetzt als junge Mutter. Er war ihr Hoffnungskind. Seine Abwesenheit höhlte sie aus, alte Albträume kehrten in diese Leere zurück. Und ganz neue Dämonen.

Überhaupt, was wollte Riccardo noch in Longarone? Nach all dem, was sie erlebt hatten, war dies für sie ein verwunschener Ort. Selbst wenn der Wiederaufbau auf vollen Touren lief und die internationale Messe für handgemachtes Speiseeis, die „Mostra Internazionale Del Gelato Artigianale“, jetzt wieder dort stattfand, nach fünfjähriger Pause.

Sie war ein Mädchen aus Peron! Würde sie im Alter, wenn sie ihr halbes Leben im Norden verbracht hätte, je wieder in Italien ganz zu Hause sein?

Claras Zuhause war bei ihrem Kind. Das hatte Riccardos Entscheidung ihr genommen.

Die Rallye der Tränen begann. Clara besuchte Sergio alle paar Wochen. Stieg in Karlsruhe in den Zug, um über Mailand in Longarone völlig gerädert anzukommen, wobei sie nach nur wenigen Tagen das Kind wieder verlassen musste, denn in Germersheim zählte ihre Mitarbeit.

Sie schloss ihren Schmerz in sich ein. Das musste auch Sergio lernen, viel zu früh.

Gelatieri aus dem Zoldo- und dem Piave-Tal hatten in Longarone für ihre Kinder ein privates Internat gegründet. Es bestand aus futuristischen Betonwürfeln, in die es im Winter hineinregnete. Star-Architekt Giuseppe Samonà hatte die Moderne nach Longarone gebracht. Auch andere Futuristen betrachteten diese vormalige Mondlandschaft nun als ihre Spielwiese.

Sie bauten für sich und weniger für die Menschen dort, wie es schien. So hatte auch Signore Samonà, ein Mann aus dem Süden, bei seinem „italomodernen" Entwurf übersehen, dass es in Longarone im Winter viel regnete, wenn es nicht gerade schneite.

Überhaupt bestand das neue Longarone nur aus Beton. Nicht umsonst wurde es „Il Bunker" genannt. Der Massentod war zu klobiger Architektur erstarrt.

Alles sah so aus, als ob man sich vor einer erneuten Flut schützen müsste. Einer Flutwelle in den Köpfen, denn dort, wo das Wasser gewesen war, ruhte ja nun der Berg.

Im Internat „Die Kinder von Vajont" führte Signora Bratti ein strenges Regiment. Sergio hatte keine Ahnung, dass genau an dieser Stelle das alte Kinderheim gestanden hatte, mit einem einzigen Mädchen als

Überlebende, einer gewissen Maria Filippin, die nun in seiner Geburtsstadt Frankfurt eine große Fußballerin zu werden versuchte.

Die alte und vor allem ledige Signora Bratti opferte sich für ihre Zöglinge auf, verlangte aber eine ähnliche Leidenschaft von ihnen.

Sergio fiel es nicht schwer, das von ihr und ihren jungen Lehrern geforderte hohe Lernniveau zu erreichen und zu halten. Er war hellwach und er war ein ausgemachter Streber. Nur seine Note im Verhalten bot Anlass zur Sorge. Er hatte schon in Germersheim bewiesen, dass er ein schlagkräftiger Gegner sein konnte. Nun wanderte seine Einsamkeit in seine Gliedmaßen, sie zappelten und gaben selten Ruhe.

Ähnliches geschah bei Caroline, die Sergio vermisste. Sich ohne ihren kleinen Teufel mit anderen schlagen zu müssen, war jedoch gefährlich und auch nicht mehr wirklich lustig.

Zwar würden sie sich in den Sommerferien wieder sehen, das hatte er versprochen. Caroline war sich jedoch nicht sicher, ob dies ihr Leid nicht noch verschlimmern würde: ein leidenschaftlicher Hinterhof-Sommer und dann neun Monate lang diese nagende Sehnsucht.

Schlimm genug, dass dieser Eisbär nun im Hof stand. Gleich nach dem Pop-Konzert wollte Clara das sperrige Ding entfernt wissen. Caroline konnte nicht daran vorbeigehen, ohne an Sergio zu denken. Der Bär grinste jetzt spöttisch, so, wie Sergio gegrinst hatte, immer mit der Zunge am Eis. Erwachsene machten alles kaputt.

Sergio vermisste alles: Caroline und ihre rosa Badewanne, seine Eltern, die Grübchen seiner Mutter, wenn sie lachte, ihre Rigatoni all'amatriciana mit viel angebratenem Speck, sein Revier in Marktstraße, die Festungsruinen, die ein einziger Abenteuer-Spielplatz gewesen waren. Und sein tägliches Eis vermisste der Sohn eines Eismachers.

Alles, was Sergio kannte und liebte, war dieses Longarone nicht. Es war weder ein bisschen hässlich, aber gemütlich, noch voller verbotener Plätze in verlassenen Militäranlagen, wo sich unbeobachtet Blödsinn machen ließ.

Longarone war eine lärmende Baustelle. Hatten die Kräne und Baumaschinen wieder ein neues Stück aus dem Boden gestampft, war dieses betongrau und eckig.

Moderne Architektur tröstete kein Kind. Vor allem keinen Sechsjährigen, der am Wochenende in einem Internat zurückbleiben musste. Als Einziger. Ein Kind, das in Longarone keine Verwandten hatte. Ein Kind, das Longarone nur aus Erzählungen kannte. Viele davon verwirrend.

Es gab nur noch die Großmutter im 30 Kilometer entfernten Peron. Deren Mann war verstorben, als Sergio vier Jahre alt gewesen war. Und die abgearbeitete Filomena hatte keine Kraft mehr für den lebendigen Buben.

So begann Sergio Speranzas Schule der Einsamkeit. Die Toten wirkten nach in ihm. Allein schon dadurch, dass es dort niemanden gab, der Sergio zärtlich in den Arm nahm, wenn die Einsamkeit ihn wütend machte. Denn so kampflos ergab sich ein Hoffnungskind nicht.

Später bauten seine Eltern in Longarone ein Haus. Riccardo wollte es so. Dann gab es die Freude der gemeinsam verbrachten Winter und Sergio war nicht mehr einsam, wenn der Regen durch das Dach seiner Schule tropfte und Frau Bratti überall Plastikbadewannen aufstellen musste. Nie war eine davon rosa.

Germersheim, Oktober 1986

Caroline wusste nicht mehr genau, wann sie damit begonnen hatte, die Eisbärennase zu streicheln. Es war nach einem Hinterhofsommer mit Sergio geschehen. Ihrem vierten vielleicht? Es war, als verbände sie ein Faden, wobei er bei seinem Weggehen immer die Spule mitnahm. An diesem Bären schien dieser unsichtbare Faden festgemacht. Er war ein Monument seiner Anwesenheit.

Dabei fand Sergio den Bären nur peinlich. So, wie Caroline die Werbung ihres Vaters peinlich fand. Seine Werbeslogans mit Schlämmkreide am Schaufenster fixiert und dann noch in der Zeitung annonciert: „Zum Frühjahrsputz lock Deinen Schatz mit Palatina-Hartglanzwachs." Oder etwa: „Ostern kommt in die heiße Phase, kauf den Vollmilch-Kilometerhase." Mit solchen Sprüchen zog man sie in der Schule auf. Was war ein Kilometerhase überhaupt?

Und war es nicht schon schlimm genug, dass Kaufmannskinder jeden Erwachsenen grüßen mussten? „Ob ein Arsch oder eine Süße, beuge dein Haupt und grüße", hatte ihr Vater ihr eingebläut mit seinem skurrilen Humor.

Dieses Höflichkeitsdiktat galt für Sergio auch. Doch bald tat ihr Besuchsfreund so, als ob er manche der Germersheimer Ärsche einfach nicht mehr kannte. Er war ja jetzt ein ganzer Italiener.

Dabei gab so vieles, was Sergio und Caroline verband. Doch kaum hatten die Hinterhofschwalben sich erneut verbündet und manchen Streich gespielt, musste er zurück in dieses Longarone. Dann versuchte man im nächsten Sommer so zu tun, als ob er nie fort gewesen wäre. So ging das jahrelang.

Eismacher lernen das Abschiednehmen früh. Sie gleichen Zugvögeln. Kaufmannskinder nicht.

Man wurde größer, man hatte Zahnlücken, man ging auf das Gymnasium, man bekam Pickel. Die Unbeschwertheit der rosa Kinderbadewanne war längst dahin. Doch Caroline behielt ihr Bären-Streichel-Ritual bei. Die Eisbärennase verblich ins Bräunliche, sein weißes Plastikfell durchzogen Moos und Schimmel.

Dann brach Caroline aus ihrer Hinterhofwelt aus. Ging nach Amerika, kam zurück, studierte, verliebte und entliebte sich. Nein, nicht in ihren Freund aus Kindheitstagen, den sie kaum noch sah, auch er studierte und rannte den Versuchungen des Lebens hinterher.

Sergio lebte in Bologna und Caroline in Heidelberg, als Riccardo Fontanella starb.

Sein Tod kam wie ein Tsunami über die Familie, fegte durch die Marktstraße und schwappte durch die ganze Stadt: „Der freundliche Fontanella ist tot, der ‚Sonnenschein-Italiener'. Er war einer von uns und gehörte doch nie so recht dazu. Wir haben ihn alle gemocht, doch nie wirklich gekannt", ging es von Mund zu Mund.

Riccardo hatte über Bauchschmerzen geklagt. Bauchschmerzen so heftig, dass er zu Clara gesagt hatte, er wolle von der Rheinbrücke springen. Dann war er innerhalb von Tagen verstorben. Seine Bauchspeicheldrüse hatte sich entzündet, fünf hektisch durchgeführte Operationen hatten seinen Zustand nur verschlechtert. Sein malträtierter Körper hatte nicht mehr viel aushalten können, so mitten in der Eissaison. Auch hatten die Auseinandersetzungen mit den italienischen Behörden ihn mürbe gemacht.

„Riccardos Seele war jeden Tag verletzt, von all dem, was er nicht mehr sein konnte: ein liebender Sohn, ein guter Bruder, ein Onkel, ein witziger Freund aus alten Tagen", hatte Clara gemeint.

Wo geht die Liebe hin, wenn all diese Menschen tot sind? Es funktioniert nicht einfach so, dass man dieses überschüssige Gefühl auf andere aufpfropft, das hatte Clara gelernt.

„Diese ungebrauchte Liebe verklumpte, wurde schwer wie Blei. Sie beschwerte Riccardos Brust, weswegen er den anderen Schmerz zu spät spürte", sagte sie noch.

Sergio sagte nicht viel. Fiebrig war er damit beschäftigt, seine Mutter zu retten, sie hatte ihren Negro so sehr geliebt. Außer ihrem Hoffnungskind hatte Clara nun niemanden mehr auf dieser Welt.

Er brach sein Studium ab, Tiermedizin im vierten Semester. Das Studium war teuer im altehrwürdigen Bologna, ein Vermögen verschlangen allein die schweren Anatomiebücher.

Überhaupt, man könne die Mutter nicht allein lassen in diesem Germersheim. Sergio war besorgt.

Das Eiscafé der Fontanellas war auch zu einer Tankstelle der Einsamen geworden, bei aller Qualität. Sie nippten einen halben Tag lang an einem Cappuccino, luden sich an Claras Schönheit auf und tranken Grappa für das Vergessen.

Viele „Politische" darunter, wie Riccardo sie genannt hatte, Exilbulgaren, ein paar versprengte Albaner. Manche waren geflohen, manche abgeschoben worden, nach langer Haft, nach Folter.

Man kann seinem Schicksal nie ganz entfliehen, hatte Riccardo bei sich gedacht. Die Verdammten spürten, wofür die deutsche Kundschaft kein Gespür gehabt hatte: die tiefe Einsamkeit von Clara ohne ihren Sergio und die Zerstörung in ihm.

„Sie sehen die weiße Stadt in mir, das, was die Katastrophe aus Longarone gemacht hatte."

Clara hatte Riccardo widersprochen und dann doch einsehen müssen, dass er richtig lag. Die Einsamen, die sie bediente, wurden mit den Jahren immer mehr.

„Wir sind Strandgut und wir ziehen menschliches Strandgut an", hatte sie dann philosophiert.

Dabei waren Clara und Riccardo noch die Vorhut von jenen gewesen, die in anderen Ländern und in anderen Sprachen aufgewachsen waren, um nun im Wirtschaftswunderland ihr Glück zu machen. Von Studenten mal ganz abgesehen. Viele Gelatieri beherrschten den Dialekt des Standortes ihrer Eisdielen blendend. Flexible Leute, Zugvögel halt. Hochdeutsch sprachen sie nicht, wozu auch? Die Fontanellas waren zu halben Germersheimern geworden, Deutsche waren sie nicht.

Clara ließ ihren Negro nach Longarone überführen. So hätte er es gewünscht. Dort bleiben wollte sie nicht.

„Longarone ist jetzt nicht mehr Longarone", hatte Riccardo noch geschimpft. Der Wiederaufbau hatte Glückssucher nach Longarone gelockt. Meist aus dem Süden, Männer aus Sizilien, die der Arbeitslosigkeit entkommen wollten, manche auch der Mafia, Familienclans aus Apulien, Schäfer aus Sardinien, sie alle kamen nach Longarone, um eine neue Zukunft aufzubauen. Sprichwörtlich. Alle wollten sie ein Stück abbekommen vom Kuchen der Subvention, der im Süden so selten serviert wurde.

Die paar Überlebenden des Unglücks fühlten sich bald verloren unter dieser neuen Flut. Einer Flut aus Fremden und aus fremden Ideen. Verloren in dieser neuen Architektur, diesem Neorationalismus, der an Reißbrettern in Rom oder in Mailand entstand. Von Strategen und Städteplanern, die sie nicht selbst bewohnten, diese modernen Festungen, wie Mausoleen auf Toten erbaut. Die Hälfte der Leichen war nie gefunden worden, hieß es.

In den 80er Jahren hatte man den Beton dann angestrichen, nach dem neuesten Trend, in fröhlichem Pastell.

„Es sieht aus, wie wenn man Särge in Bonbonfarben lackiert", hatte Riccardo noch gesagt.

Die Überlebenden von Longarone erfüllte noch eine ganz andere Schmach. So hatte Riccardo keine Entschädigung für seine Familie erhalten. Keine Lira für seine toten Eltern, nichts für seine drei toten Geschwister, gar nichts für die Großfamilie, die innerhalb von Sekunden ausgelöscht worden war. Nur für die zwei Kühe seiner Mutter erhielt er einen kleinen Betrag.

„Sie ersetzen keine Menschen, nur Vieh", hatte er damals getobt.

Die ENEL und der italienische Staat, der die Energiegesellschaft übernommen hatte, hatten einfach behauptet, Riccardo hätte seine Familie ja noch: „Sie haben Ihre Frau Clara und einen Sohn."

Dass Sergio Speranza erst nach dem Unglück geboren worden war und Clara ein Kind verloren hatte, interessierte die ENEL nicht. Es gab für dieses Schattenkind keinen schriftlichen Beweis. Man hatte ihm im Krankenhaus von Belluno ja nur eine Rechnung für ihren Aufenthalt in die Hand gedrückt.

Riccardo hatte dann doch noch 12 Millionen Lire Entschädigung erhalten, für sein zerstörtes Elternhaus. Für die verlorenen Koffer mit den Einkünften der Eissaison 1963 gab es nichts. Deren Existenz konnte er nicht belegen. Natürlich nicht. Dabei wusste die Behörde in Belluno sehr wohl, dass Anfang Oktober die „Bleichgesichter" aus dem Norden wieder in Schwärmen eintrafen, um in ihrer Heimat zu überwintern. Ihr Geld war der eigentliche Motor für diese Region.

Nach dem Unglück hatte die ENEL ganzen Horden von Anwälten durch die „Täler der Eismacher" geschickt.

Die meisten Überlebenden waren einfache Leute, Kleinbauern, Schäfer, Männer im Holz oder Eismacher. Sie hatten ihr Lebtag lang noch keinen Anwalt gesehen. So ein ganzes Geschwader von Advokaten schon gar nicht. Männer in dunklen Anzügen und mit dicken Aktenkoffern schüchterten sie ein. Dazu kam, dass viele Eismacher von den Gesetzen Italiens meist wenig verstanden. Sie waren Nomaden. Sie liebten Italien und waren vom italienischen Alltag doch völlig entfremdet.

Den Ahnungslosen legte man Papiere vor, die diese oft voreilig unterschrieben – wie erschreckte Kinder. Manchen half es, wenn da eine Amtsperson auftauchte und so tat, als ob sie sich für sie interessiere. Wohnte man doch an einem Winkel, wo Rom selten einen erhabenen Blick hinwarf.

„Wer sofort unterschreibt, bekommt noch Geld. Wer klagt, kann nur hoffen, dass es dann überhaupt noch etwas gibt. Klagen dauern lange bei uns. Dann müssen

Sie vor Gericht, womöglich mitten in der Eissaison", solche Sätze waren nach dem Unglück von Longarone oft gefallen. Mit Riccardo hatte man genau so ein Gespräch geführt.

„Wem das Unglück noch nicht das Herz gebrochen hatte, dem brachen es die Anwälte der ENEL", diese Meinung vertrat auch Angelo. Er war der einzige Jugendfreund Riccardos, der das Unglück überlebt hatte, wie sich herausstellen sollte. Liz Taylor persönlich hätte ihm das Leben gerettet, mit ihrem sensationellen Busen!, würde er behaupten. In der Schicksalsnacht hatte er „Hotel International" im Kino von Belluno mit klopfendem Herzen verfolgt.

Angelo hatte nicht unterschrieben und er hatte geklagt. Daraufhin begann die ENEL einen jahrelangen Zermürbungskampf. Hunderte von Beweisstücken hätte er besorgen und dem Gericht vorlegen sollen. Gutachten, Zeugenaussagen. Doch woher nehmen? Nach der cineastischen Umarmung mit Liz Taylor hatte er Longarone nicht mehr vorgefunden. Es sollte bis zu Riccardos Todesjahr dauern, bis er – ein Mann, der Hab und Gut und alle Angehörigen verloren hatte – das erste Geld erhielt. Fast 25 Jahre nach dem Unglück. Inzwischen war Angelo nach Australien ausgewandert.

„Möglichst weit weg von all dem Wahnsinn", wie er Riccardo erklärt hatte am Telefon. „Wer Italien wirklich liebt, der wohnt nicht dort. Der kommt nur zu Besuch."

Noch eine andere Ungerechtigkeit hatte Angelo aus seiner Heimat vertrieben. Nicht nur war das neue Longarone auch ihm fremd geworden. Manche Zugezogene – raffinierter als die Überlebenden mit ihren wunden Seelen – kassierten für Besitztümer, über die sie nie verfügt hatten. Auch manche Firmen, die sich in Longarone angesiedelt hatten, wanderten sofort wieder ab, als die Subventionen versiegten.

„Ein Unglück bringt das Beste und das Schlechteste im Menschen zum Vorschein", hatte Clara es nicht gleich gewusst?

Auch die Rechtsprechung war verwunderlich. In schleppenden Prozessen wurde die Katastrophe verhandelt. Und nicht etwa im nahen Belluno, dem für Longarone zuständigen Gerichtsort. Im März 1968 hatten die Verteidiger der Angeklagten das ferne L'Aquila als Gerichtsort durchgesetzt mit der Begründung, dass in Belluno „Störaktionen der öffentlichen Ordnung drohten".

Man berief sich auf die „Demonstration der Hoffnungslosen" im Winter 1963. Tatsächlich hatte sich die Situation vieler Opfer seitdem nur wenig verändert. Und hatten diese Leute nicht sogar den Staatspräsidenten blamiert, einen Sarden? Die vergaßen eine Schmach niemals, sagte man.

Bauingenieur Mario Pancini, einer der angeklagten Ingenieure der SADE, der späteren ENEL, sollte vor dem Prozess Selbstmord begehen. Andere Angeklagte des Staudamms, die Herren Ingenieure Biadene, Bartini und Violin, wurden zu zwölf Jahren Gefängnis verurteilt wegen „mehrfacher fahrlässiger Tötung". Ein Appellationsgericht verringerte ihre Strafen jedoch auf rund fünf Jahre Haft, von denen nur zwei Jahre abgesessen werden mussten. Ingenieur Sensidoni saß nur für acht Monate ein.

„Massenmord scheint in Italien ein Kavaliersdelikt zu sein", hatte Riccardo dazu nur kopfschüttelnd gemeint und tagelang dann kaum noch ein Wort gesprochen. Dennoch wollte er in der Erde seiner Heimat ruhen.

Als Clara seinen letzten Wunsch erfüllt hatte, kehrte sie nach Germersheim zurück, im festen Willen, das Eiscafé weiterzuführen. Eine Überlebende von Longarone gab nicht so leicht auf, ein Mädchen aus Peron schon gar nicht.

Sie würde einen Eismacher anwerben. Es müsste doch möglich sein, ihren Sergio eine Universität besuchen zu lassen?

Frau Bratti hatte gute Arbeit geleistet. Sie hatte es in ihrem vor den Witterungen keinesfalls gefeiten Internat geschafft, in diesem einsamsten aller einsamen Eismacherkinder die Liebe zu Dante, Petrarca, den italienischen Humanisten überhaupt, und zu den Naturwissenschaften zu erwecken. Der Streber war zu einem Schöngeist herangewachsen, einem, der fest mitanpacken konnte und das Handwerk seiner Eltern nicht gering betrachtete.

Über Jahre hatte er sie über den Sommer unterstützt und Geld für das Wintersemester beiseite gelegt. Der Bub war vernünftig. Für Tändeleien mit Caroline Sperling blieb da keine Zeit.

Sergio fuhr mit einem zum Eismobil umgebauten VW-Bus übers Land. Am liebsten zu den Baggerseen, die Germersheim so schmückend umgaben. „Der Eismann ist da, Kaltes für heiße Köpfe", pflegte er zu rufen. Ein einträgliches Geschäft, auch fürs Auge. Nicht selten sprangen Studentinnen barbusig an sein Eismobil, wie er Caroline Sperling lebhaft berichtete. Man telefonierte wenigstens noch. „Ruf doch: Kaltes für heiße Möpse", fiel ihr dazu ein.

Überhaupt lag in den 80er Jahren halb Germersheim nackt an seinen Wasseradern und Seenlandschaften herum. Eine Tendenz, die Caroline auch für die Neckarwiesen von Heidelberg bestätigte, sie selbst hatte sich schon hüllenlos einen Sonnenbrand geholt. Sergio kam mit seinem Eismobil leider nie so weit.

Zunächst sah es so aus, als könnte Clara die Eisdiele halten. Dann schlug die Stimmung um.

Clara war 42 Jahre alt und immer noch mehr, als mancher Mann zu träumen wagte. Ihre Farah-Diba-Frisur war einer Sophia-Loren-Mähne gewichen. Tatsächlich war die Ähnlichkeit jetzt verblüffend. Ihre Sphinx-Augen, die hohen Wangenknochen, diese dramatische Unterlippe und ihre stolze Aura waren für manche Männer einfach zu viel.

Zunächst versuchte das menschliche Treibgut die junge Witwe zu trösten. Es entstand ein Wettbewerb unter Männern, die jahrelang in den Abgründen ihrer Vergangenheit versunken gewesen waren. Die sich an ihren Zigaretten und an ihren Schnäpschen hatten festhalten müssen, um in der Eisdiele nicht in Tränen auszubrechen. Claras Witwenschaft kam einer Wunderheilung gleich für diese Gestrandeten. Sie wuschen und parfümierten sich, sie stahlen im Stadtgarten Rosen. Doch was bei den Exilbulgaren eher ihrem Weltbild entsprach – eine junge Witwe könne nicht alleine bleiben –, wurde bei manchem Alteingesessenen zur Jagd um des Jagens willen.

Clara schloss sich nachts in ihrer Wohnung ein, sie schlug Männern, die sie ganz offen in der Eisdiele begrapschten, auf die Finger, einem ganz Vorwitzigem sogar ins Gesicht, in dem Wissen, dass er sie erwischen würde. Er hatte es angekündigt.

Sie verließ die Marktstraße, es war fast eine Flucht. Fast 15 Jahre hatte sie dort gelebt, um Riccardos halbes Lebenswerk, seine Eismaschinen und das Mobiliar ihrer Eisdiele, nun einem jungen Gelatiere aus dem „Tal der Eismacher“ zu überlassen. Er hieß mit Familiennamen „Speranza“, aber das ist eine ganz andere Geschichte.

Clara stand an einem Nullpunkt. Sie fing einmal mehr ganz von vorne an in ihrem Leben und eröffnete die „Gelateria Italiana“ in Neustadt an der Weinstraße, gemeinsam mit ihrem Hoffnungskind.

Auch Germersheim veränderte sich. Die Stadt wurde eckig und wuchs in die Höhe. „Wir bekommen eine ‚Skyline‘“, frohlockte Benno Heiter, er hatte den allgegenwärtigen Bürgermeister Jantzer abgelöst, der quasi im Sattel verstorben war. Nun kam auch für Carolines Heimat die Zeit, wo Fortschritt in der Stockwerkszahl charmebefreiter Hochhäuser gemessen wurde. Ab dem zehnten Stockwerk fühlte sich mancher Provinzler wie in New York.

Große Märkte kamen in die Stadt, noch größere vor die Stadt, die quirlige Marktstraße drohte zu veröden. Kunden wollten sich nicht mehr ganz persönlich von einem Kaufmann beraten lassen. Sie wollten das größtmögliche Angebot zu den geringstmöglichen Preisen und dabei direkt vor der Kasse parken. Man kaufte nicht mehr ein, man ging „shoppen“.

Die Sperlings kämpften ums Überleben. Clara kämpfte ums Überleben. Man verlor sich aus den Augen.

Longarone, Dezember 2012

„Ich muss nach Longarone, Innsbruck läge auf dem Weg“, sagte eine Stimme, die Caroline sofort erkannte, und doch war es ein Anruf aus einer anderen Welt. Ihre Kindheit sprach mit ihr. Sie und Sergio hatten schon viel zu lange nichts mehr voneinander gehört.

„Zu deiner Familie?“, fragte sie verwirrt.

„Bei dir muss man ja bei Adam und Eva anfangen. Hast du vergessen, was dort passiert ist?“, prustete er in den Hörer. Hatte sie es vergessen? Sie hatte es ja nie richtig gewusst!

Dabei war Sergio nie erloschen in ihr. Nicht etwa wie ein verflossener Liebhaber, der nur kurz aufglimmte wie ein Streichholz, wenn das „gemeinsame Lied“ in Radio lief oder sonst ein Schlüsselreiz das Gehirn zur Erinnerung nötigte.

Der Faden, der sie seit ihrer Kindheit mit Sergio verband, war fest eingewebt im Flickenteppich, zu dem Carolines Leben geworden war. Das begriff sie jetzt am Telefon.

Er war mehr wie ein Zierelement, ähnlich dem Landhaus ihrer Großeltern, das schon längst verkauft worden war, dessen kleine Zimmer sie in ihren Gedanken aber immer wieder durchschritt. Erst kürzlich war sie auf den großen Quittenbaum geklettert, in das Baumhaus, das ihr Großvater für sie gebaut hatte.

Es war bei einer Operation geschehen, einer Kieferoperation, die Narkose hatte aufgrund eines Eiterherdes nicht richtig gewirkt, der bohrende Schmerz und das Kreischen der Knochensäge hatten sie fast wahnsinnig gemacht.

Dann hatte Caroline in der Baumkrone Zuflucht gesucht. Hatte die gelblichen Früchte mit diesen lustigen Pelzchen gestreichelt, durch das Blätterdach in den blauen Himmel geschaut und sich darauf gefreut, dass ihre Großmutter goldenes Gelee kochen würde.

Zwar waren beide Großeltern beide längst verstorben, aber sie waren immer da, wenn Caroline sie brauchte. Selbst bei Operationen.

Auch ihre Kindheit mit Sergio war so ein Zufluchtsort. Carolines Leben war kompliziert geworden: Scheidung, Geldsorgen, zwei Kinder, ein Beruf, der wenig Sicherheit bot, Umzüge, der letzte nach Innsbruck.

In Momenten, in denen sie nicht mehr gewusst hatte, wie es weitergeht, hatte sie sich mit ihm in die rosa Kinderbadewanne gesetzt, seine Zunge an ihrer Eistüte und umgekehrt.

Nach dem Anruf wollte Caroline mehr erfahren über dieses Longarone. Sergio hatte sie nicht fragen wollen, das Leben hatte so viele neue Themen für sie diktiert.

Im Zeitungsarchiv des Tiroler Landesmuseums sah sie sie dann: Diese Mondlandschaft dort, wo am Vortag noch dieses entzückende Städtchen gestanden hatte, ertrunkene Säuglinge, Leichenberge, Hubschrauber, Massengräber, alles, was sie als Kind nie erahnt oder ertragen hätte. Longarone war nichts für schwache Nerven.

Clara Fontanellas „Eine Katastrophe ist schlecht für das Geschäft“ kam ihr wieder in den Sinn.

Nur eine Woche später schlenderte sie mit Sergio durch Longarone. Er war etwas fülliger geworden, sie umso blonder.

Dieses besondere Gefühl zwischen ihnen war noch vorhanden, aber es war vorsichtig geworden. Das Leben hatte Schutt zwischen ihnen angehäuft.

Die Innenstadt mit ihrem gebremsten Charme war so gar nicht der Ort für ein freudiges Wiedersehen. Oder war dies ein Rendezvous?

Sie hielten vor einem runden Gebäude, so nüchtern, dass nur ein Kreuz, es ragte aus dem Flachdach wie ein Blitzableiter, deren Nutzung verriet.

„Hier stand die dem heiligen Christophorus geweihte alte Kirche, in der schon mein Großvater Giuseppe Fontanella getauft worden war. Er würde sich keinen Meter zurechtfinden, wenn er seine Stadt jetzt sähe", sagte Sergio.

Im Herzen Longarones stand ein Parkhaus umsäumt von Plattenbauhotels, die dahinter steil aufragenden Hänge waren im gleichen Stil verbaut. So, als lebten Schwalben jetzt in Brutkisten.

Ein eisiger Wind zerrte an Sternengirlanden, die Weihnachtsdekoration wirkte in dieser Mehrzweckarchitektur eher beklemmend.

Caroline hatte sich die Heimat der Fontanellas viel südländischer vorgestellt, obwohl sie als Wahl-Innsbruckerin das Klima der Alpen nun ja kannte. Der Sergio ihrer Kindheit war tatsächlich die Projektion eines „Sonnenschein-Italieners" gewesen.

An manchen Gebäuden oder Plätzen waren große Metalltafeln angebracht, sie zeigten den Anblick vor der Katastrophe. Provinzieller Liebreiz und ländliche Beschaulichkeit waren durch Bauherrenmodelle aus ihrer Jugend ersetzt worden.

„Wie passte das zusammen, Woodstock und dieser Betonbrutalismus?", wollte Caroline wissen.

„Das ist eine Architektur der Angst. Angst vor einer neuen Apokalypse, Angst vor Tumulten. Für die aus Rom war das zerstörte Longarone so etwas wie das kleine, gallische Dorf bei Asterix und Obelix. Peinlich und unbequem. Erst recht, als die Opfer ihr Schicksal nicht einfach so hinnahmen. Und haben die Römer um das Dorf der gallischen Aufständischen nicht hohe Palisaden errichtet?“ Sergio hatte dieses Grinsen aufgesetzt.

Caroline fiel ein, wie sie im Hinterhof von ihrem Bruder geklaute Asterix-und-Obelix-Comics gelesen hatten. Paul hätte sie erwischt, hätten sie die Hefte nicht in einer Mülltonne versteckt. Es war Riccardos Bananeneistag gewesen und die Schalen hatten die Hefte des Bruders nicht schöner gemacht. Auch die Eierschalen nicht, Riccardo mischte seinem Eis immer ganze Paletten von Eiern bei, damit es cremiger würde.

Caroline hatte neue Comics kaufen müssen und Sergio hatte ihr dabei geholfen, mit „geliehenen“ Münzen aus Claras Trinkgeldkasse.

Da waren sie wieder, diese begehbaren Bilder im Museum ihres Lebens in ihrem Kopf.

Sergio drängte Caroline weiterzugehen. Er wäre für die Messe gekommen, die größte Speiseeismesse weltweit, den langen Weg aus Neustadt an der Weinstraße, um zu tun, was er als Gelatiere und nun auch Besitzer einer kleinen Eisfabrik auf genau dieser Veranstaltung tun müsse: netzwerken, erlesene Zutaten beschaffen, so bräuchte er Pistazienpaste – das „grüne Gold aus Kalabrien“ –, viel Kaffee trinken und noch mehr Eis probieren.

Die Gerüche und Geschmacksproben, die man ihnen in der Messehalle auf Plastiklöffeln reichte, waren für Caroline wie ein Spaziergang durch ihre Kindheit. Nur Basilikumeis und Biereis, mit echtem Guinness, widerstrebten der kindheitsgeprägten Eisfanatikerin.

Cremino wurde zum Eis des Jahres für den deutschen Markt gewählt. Eine raffinierte Melange aus Nougat und Kaffeeschokolade mit kandierten Zitronenstückchen. Diese piemontesische Spezialität wäre eine Herausforderung für deutsche Geschmäcker, wo noch immer Schokolade und Vanille den Markt dominierten, wie Sergio meinte.

„Meine genussfreudigen Pfälzer mögen jedoch mein Prosecco-Eis, selbst Gewürztraminer probieren sie." Da war es wieder, dieses spitzbübische Grinsen.

Caroline eilte mit übersäuertem Magen zu ihrem Termin. Den hatte sie ihrem Mann als Grund genannt, warum sie Sergio begleiten müsse.

Hätte der Rundfunk doch Interesse an einem Radiobeitrag über das Unglück bekundet. Bald jähre sich dieses „Tschernobyl der Wasserkraft", mit diesem Schlagwort hatte sie den Chefredakteur geködert, zum 50. Mal. Auch Tirol gewänne seine Energie doch aus dem Wasser der Berge.

Als freie Journalistin musste sich Caroline ihre Themen selbst suchen und sie denjenigen, die auf den Geldern saßen, schmackhaft machen.

Piero Provenzano sah aus, wie Caroline sich einen Überlebenden vorgestellt hätte, hätte sie nicht Riccardo und vor allem Clara Fontanella gekannt. Er saß zusammengekauert im Hinterzimmer einer Bar, die wohl schon bessere Zeiten erlebt hatte, sein Körper zitterte und in sein Gesicht schien das Trauma dieser Nacht tiefe Furchen geschlagen zu haben. Er hatte am Telefon schon angedeutet, nur noch gegen einen „Anerkennungsbetrag" mit Journalisten zu sprechen, schwer krank, wie er nun einmal sei. Das Unglück hätte ihm alles genommen, die Zeit danach ihm nichts gegeben außer Krankheit, und seine Medizin käme aus Amerika.

Als Caroline das Aufnahmegerät einschalten wollte, hatte er ihr seine zittrige Hand hingestreckt, die Handfläche nach oben, und „meine 200 Euro“ gesagt.

Man hätte sich doch auf 150 Euro geeinigt, wunderte sich Caroline. Das hätte sie missverstanden, raunzte er und schwieg dann so lange mit fest aufeinander gepressten Lippen, bis sie ihm die gewünschte Summe aushändigte. Sie würde an dem Beitrag kaum noch etwas verdienen, schoss ihr durch den Kopf.

Piero Provenzano hingegen wurde geschmeidig, ja regelrecht freundlich, selbst das Zittern seiner Gliedmaßen ließ nach. Geld schien auf diese schwer malträtierte Seele eine beruhigende Wirkung zu haben. Was wusste jemand wie sie schon von dem Leid eines Mannes, der alles verloren hatte. Und selbst die Fontanellas hätten ja noch ihre Liebe gehabt und ihr Hoffnungskind.

Beim Mittagessen mit Sergio spielte sie ihm Auszüge aus der Leidensgeschichte vor. Er brach in schallendes Gelächter aus, schon beim ersten Satz. „Dieser Mann ist so wenig aus Longarone, wie ich aus Sizilien bin. Bella, der Kerl hat dich gelinkt.“

Als Caroline später in dem kleinen Museum, das die Katastrophe dokumentierte, einem Mitarbeiter das Band vorspielte, hätte auch dieser fast gelacht.

Das sei Corleone aus Sizilien, sie nannten ihn hier so nach der Stadt seiner Herkunft. Nein, ein Überlebender sei der nicht, aber ein Lebenskünstler.

Und seine amerikanische Medizin sei Southern Comfort und Malt Whiskey.

Leider hätten manche das Unglück zu einem Geschäft gemacht.

Am Nachmittag fuhr Sergio mit Caroline dort hinauf, „wo sich der wandernde Berg zur Ruhe gesetzt hatte“, wie er meinte.

An einem Holzgeländer mit Blick auf den Monte Toc, der sich seltsam hinter der Staumauer aufwölbte, waren kleine, bunte Fähnchen angebracht. Aus der Ferne hatte Caroline sie für buddhistische Gebetsfahnen gehalten. Aus der Nähe betrachtet waren sie mit den Namen und dem Alter der Kinder beschriftet, die in der Schicksalsnacht getötet worden waren, alle unter 16 Jahre alt.

Caroline entdeckte 21 Fähnchen, die den Nachnamen Fontanella trugen, sie spürte ein Pochen in ihrem Kopf.

Das älteste Kind war die 15-jährige Ivana gewesen, ihr Fähnchen war lachsfarben, ein weißes Fähnchen stand für ein Kind mit dem Namen Fontanella, das noch gar nicht geboren worden war, wie die Aufschrift verriet: Sono un bimbo mai nato.

„Das könnte mein Bruder oder meine Schwester sein“, sagte Sergio und sah sehr dünnhäutig dabei aus.

„Direkt hinter diesem ‚Zaun der Erinnerungen‘ wird mit diesem allgegenwärtigen Tod Kasse gemacht“, sprach Caroline später in ihr Aufnahmegerät.

Souvenirstände bewarben Devotionalien der Schicksalsnacht, ein Mann, vermutlich ein Hobby-Bastler, bot dreidimensionale Abbildungen des Unglücks an. Die Modelle bestanden aus einer Art lackiertem Plastilin und zeigten den Schicksalsberg und den Stausee an: vor, während und unmittelbar nach der Katastrophe.

Das Unglück wurde auch noch als Postkarte, Hinterglasmalerei, Schüttelkugel mit künstlichem Schnee und als T-Shirt verkauft. Nebst Rosenkränzen und Heiligenfiguren, manche der Heiligen mit Batterien beleuchtbar.

Kirmesartige Buden verkauften heiße Würstchen und Glühwein an ein Publikum, das für Andacht wenig geschaffen schien.

Caroline bedauerte, keinen Fernsehbeitrag zu machen, so unglaublich erschien ihr dieser Katastrophen-Jahrmarkt.

„Du solltest noch mal herkommen, wenn es warm ist. Dann ist hier Volksfest-Atmosphäre. Junge Burschen zeigen ihre Moto Guzzis, Mädchen ihre Dekolletés. Man trinkt, man feiert und wenn es gut läuft, schläft man miteinander hinter den Büschen des nun schlafenden Berges." Sergio hatte jetzt wieder Farbe im Gesicht, er lächelte sogar andeutungsweise.

„Das stört dich nicht? So viele der getöteten Kinder auf den Fähnchen sind aus deiner Familie", empörte sich Caroline.

„Man kann eine italienische Stadt zerstören, aber man kann sie nicht besiegen. Das zeigen diese Menschen." Er überreichte ihr eine Papiertüte mit der gleichen Miene. „Habe ich auf der Messe gekauft. Für dich, für die Frau meines Lebens, die so wenig von Italien versteht."

Caroline zog ein weißes T-Shirt hervor. „Ich habe Longarone überlebt!", war in signalrot aufgedruckt.

Sergio küsste Caroline auf die Wange, die sich abwenden wollte und dann doch stillhielt.

„Ich bin verheiratet. Diesmal glücklich. Und du in Deutschland gebunden", meinte sie und ärgerte sich, dass sie so hölzern klang.

„Morgen kann alles anders sein. Auch das lernt man in Longarone“, sagte Sergio und marschierte zum Glühweinstand.

Zwei Tage später saß Caroline in Claras Küche. Sergios Überredungskünste hatten gefruchtet. „Wer kann schon einem Mann widerstehen, der Hoffnung heißt?“, hatte er gescherzt.

„Dann kann ich mit der Überlebenden einer Familie sprechen, die es in Longarone eigentlich gar nicht mehr gibt. Ohne einen Augenzeugen kriege ich meinen Beitrag kaum verkauft“, hatte sie ihren Mann am Telefon zu besänftigen versucht.

Clara hatte Caroline herzlich umarmt. Die hatte sich wie eine verlorene Tochter gefühlt. Es war ein Fehler, Clara so lange nicht besucht zu haben. Es war überhaupt eine Tragödie, dass dieses Leben Menschen so durcheinander wirbelte und auseinanderriss.

Clara war rothaarig geworden und gemütlich. Sie lebte in einem Fachwerkhaus, das diesen Gemütszustand zu spiegeln schien, in der historischen Altstadt von Neustadt, die so ganz anders aussah als das neue Longarone.

Sie trug ein luftiges braunes Kleid, ihre raumgreifenden Gesten versetzten es in Schwingungen und ihr Lachen ließ die Frau aufblitzen, die Caroline schon als Kind gekannte hatte.

Clara wollte sich jedoch partout nicht fotografieren lassen, sie sei nicht beim Frisör gewesen, sei nicht perfekt geschminkt. Tatsächlich fehlte der „tanzende Lidstrich“, an den sich Caroline noch so lebhaft erinnerte.

Zu Claras Haushalt gehörten noch Giulia, ihre elfjährige Enkelin, und deren Tiere, zwei Kaninchen und die braune Jagdhündin Layla, ein Findling aus dem Tierheim. Wo Clara lebte, war natürlich auch Sergio.

„Das Schicksal hat uns miteinander verschmolzen. Noch enger verschmolzen, seit Giulias Mutter und ich kein Paar mehr sind“, hatte Sergio erklärt, bevor seine Tochter aus der Schule gekommen war. Nun beobachtete sie die fremde Frau neben ihrem Vater aus den Augenwinkeln.

Auch Riccardo studierte die Szene gleich aus mehreren Bilderrahmen heraus. Ein beeindruckender Mann, aber seine Augen gingen nicht richtig mit, wenn sein Mund lachte.

„Leider gibt es kein Hochzeitsbild mehr, die verrotten jetzt irgendwo zwischen Longarone und Venedig“, sagte Clara. „Wir waren ein Paar zum Anbeißen!“ Sie servierte Mandelkekse und lächelte versonnen.

Sergio zog aus einem Wohnzimmerschrank ein Album hervor. „Negra, ich zeige Caroline die Bilder, die Max Sperling geschossen hat.“ Sie nickte. „Negra“ war auch zum Zauberwort zwischen Sohn und Mutter geworden, da es Clara an Riccardo erinnerte, den sie immer noch vermisste.

Caroline sah sich im Bellheimer Schwimmbad mit Sergio vor der Wasserrutsche stehen, sie umarmten sich. Die Szenen mussten in ihrem ersten oder zweiten gemeinsamen Sommer entstanden sein. Beide trugen sie blaue Badenhosen, sonst nichts. Auf ihrer Hose waren zwei Schwimmabzeichen aufgenäht, der Frei- und der Fahrtenschwimmer, seit sie denken konnte, hatte sie das Wasser geliebt. Sergio fiel ein, dass sie ihm einen abgerissenen Zweig gereicht hätte, den er bei diesen

Schnappschüssen vor seine Brust hätte halten sollen, damit er aussähe wie ihr „Prinz aus dem Morgenland".

Caroline erinnerte sich an eine Szene im Eiscafé, als Riccardo einem Kind ein Spaghetti-Eis an den Tisch gebracht hatte. Der Bub hatte losgebrüllt ob der Enttäuschung, ein Nudelgericht essen zu müssen, wo doch Süßes bestellt worden war. Spaghetti-Eis war damals ganz neu. Alle Erwachsenen waren erheitert gewesen, auch Riccardo, seine Augen hatten jedoch denselben Blick wie dieses verstörte Kind.

Caroline sollte Riccardo nie wieder begegnen. Es musste sein letzter Sommer gewesen sein.

Unterdessen pochierte und schälte Clara Tomaten. Wusch Rucola und Radicchio, briet Fleischmedaillons an und setzte Wasser für ihre Pasta auf: Panzerotti al midollo, kleine hübsche Teigtaschen, die wie Muscheln aussahen, mit Rindermark gefüllt. Clara hatte sie selbst zubereitet und in Massen eingefroren. Essensduft erfüllte die Wohnung.

„Sie kocht für uns zwei Mal am Tag, dabei hat sie seit Jahren Schmerzen in den Gelenken. Sie war im Eisgeschäft immer auf den Beinen."

Clara trug auf und wollte sich nicht helfen lassen. Caroline aß und trank, als säße sie schon immer an Claras rundem Tisch. Dabei hatte sie als Kind nie bei den Fontanellas gegessen. Damals tat man das nicht. Sie hatte viel versäumt, das wusste sie jetzt.

Clara war die Sonne in einem heliozentrischen Weltbild. Alle kreisten um sie und sie wärmte und nährte alle.

Wieso warfen Nichtigkeiten manche Menschen aus der Bahn und andere folgten nach einem schieren Weltuntergang weiter ihren Weg? Menschen wie Clara.

Genau dies wollte Caroline von Clara erfahren, nachdem sie noch mit Panettone, Espresso und einem Limoncello von der Amalfiküste bewirtet worden war.

„Das Leben hat mir viel genommen. Ich war stark, sonst hätte ich nie überlebt. Es hat mir aber auch viel gegeben. Meinen Riccardo, meinen Sergio, meine Enkelin“, sagte sie. „Wir müssen das Leben hinnehmen, die Liebe hilft uns dabei.“

Clara erhob sich. Erst jetzt bemerkte Caroline, dass sie schwer hochkam, Schmerzen zu haben schien. Ihre Knochen und Gelenke mochten ja an die 70 Jahre alt sein, Claras Gesicht und ihr inneres Feuer schienen von der Zeitrechnung losgelöst. Sie brachte eine Kühltasche, eine rote mit Coca-Cola-Aufdruck.

„Ich habe dir Panzerotti al midollo hineingetan. Für Innsbruck.“ Clara stellte die Tasche schwungvoll auf Carolines Schoß.

„Du darfst aber auch bleiben und meine und Riccardos Geschichte aufschreiben. Dann weißt du, wie das mit dem Stark-Sein geht.“ Dabei lachte Clara so herzlich, dass ihr Hoffnungssohn aus seinem Mittagsschlaf aufwachte und der Hund bellte, die sie jedoch beide wieder auf ihre Plätze verwies.

Dank

Ohne Clara und Sergio Fontanella und ihr großes Vertrauen in mich wäre dieses Buch nie möglich gewesen.

Dr. Veronica Barbarcovi hat wichtige Kontakte für mich hergestellt und starke Nerven bewiesen.

Die Associazione Pro Loco Longarone, Agostino Sacchet und Giorgio Salomon bereicherten meine Recherchen mit Information und Bildmaterial.

Mag. Ludwig Hans hat mir mit seinen zahlreichen Publikationen über Germersheim meine Heimatstadt mitunter in einem neuen Licht gezeigt.

Wie auch meine Mutter Traudel Zeising, mein Vater Günter und mein Bruder Andreas mit ihren lebendigen Erzählungen.

Clara und Riccardo Fontanella in ihrer Eisdiele –
frühe 60er Jahre

Inhalt